LE MYSTERE DES DISPARUS

PREMIÈRE PARTIE

ALICE DAUREL

Photo de couverture : fr.123rf.com (Réf. : 6235496) - 15062022

ILE DU COSTAN, VILLE DE TIGUAS
(GOLFE DU MEXIQUE)

1

MERCREDI 1ER OCTOBRE

APRÈS-MIDI

Laura a proposé à sa mère, dont c'est le jour de congé, d'aller faire des achats. Elle l'a prévenue, hier soir, avant de sortir en boîte.

Depuis qu'elle a emménagé, mi-août, dans une studette proche de l'école vétérinaire, la jeune fille a très peu vu ses parents et elle se réjouit d'avance de ce moment de complicité. Elle se gare dans le parking souterrain de la grande galerie commerciale du centre de Tiguas, puis elle se presse vers les ascenseurs, car il est déjà seize heures passées.

Une fois au rez-de-chaussée de l'immense bâtiment moderne aux impressionnantes surfaces vitrées, Laura constate que sa mère n'est pas encore arrivée. Elle compose son numéro et tombe directement sur sa boîte vocale.

— Allô, Maman, c'est moi. Je t'attends. Bisous.

Elle réprime un bâillement et avale un comprimé de paracétamol pour chasser son mal de tête. Au bout de dix minutes, il n'y a toujours personne et elle se rend dehors, devant l'entrée principale. Laura arpente le trottoir quelques minutes pour scruter les passants, en faisant attention à bien rester à l'ombre, car il fait très chaud et l'air est particulièrement moite. Ne voyant personne, elle rappelle et atterrit, une nouvelle fois, sur la messagerie.

— Allô. C'est encore moi. Où es-tu ? dit-elle en se dirigeant vers les enseignes de vêtements qu'elle préfère.

Pour aider ses parents à financer ses études, la jeune fille a pris un poste de vendeuse à temps partiel dans un magasin chic de tissus et de décoration et elle souhaite maintenant avoir une garde-robe adéquate. Elle commence les essayages et a du mal à savoir quelles seraient les tenues les plus adaptées. Elle aimerait avoir un avis honnête et bienveillant et rappelle une troisième fois.

— Qu'est-ce que tu fais ? Je ne comprends pas, tu étais d'accord, hier soir. Et puis, allume ton portable, c'est désagréable de parler à ta boîte vocale.

Elle raccroche et jette son téléphone sur la pile d'habits. Le planning de sa mère, sage-femme à l'hôpital, est parfois bouleversé, mais, lorsque c'est le cas, elle la prévient toujours. C'est incroyable qu'elle ait oublié.

Il est près de vingt heures quand Laura rentre chez elle, fatiguée par sa journée de travail et son manque de sommeil. Tandis qu'une barquette de poisson en sauce avec du riz décongèle dans le four à micro-ondes, elle regarde son portable. Sa mère n'ayant toujours pas cherché à la joindre, elle lui envoie un SMS.

— Je n'ai pas de nouvelles de toi et je commence à m'inquiéter. Fais-moi signe dès que tu le pourras. Je t'aime, ma petite Maman. Bisous.

Elle pose son assiette sur la minuscule table ronde qui lui sert également de bureau et dîne en regardant ses achats, étalés sur le canapé. Elle a dépensé une bonne partie de son argent de poche, mais elle a trouvé un joli chemisier blanc, à la fois élégant et facile à porter, une paire de ballerines et un pantalon beige. Elle a aussi craqué pour une robe noire près du corps qui met en valeur sa taille fine et fait ressortir ses cheveux blond vénitien, ses yeux bleu foncé et sa peau claire parsemée de taches de rousseur.

Lorsqu'elle a terminé son repas, son message n'a pas encore été lu. C'est étrange. Elle envoie un SMS à son père, met sa vaisselle dans l'évier et pose ses vêtements sur sa chaise. Puis, elle pousse la table basse, déplie son canapé-lit et s'écroule, épuisée par sa soirée en boîte de la veille.

Une mélodie agaçante retentit. Laura tend le bras et éteint son téléphone qui lui sert de réveil. Elle voit le jour qui filtre au travers des stores vénitiens, s'étire puis referme les yeux. Quelques minutes plus tard, la sonnerie résonne de nouveau. Au bout de la troisième fois, elle arrête son portable et le consulte. Ses parents ne lui ont toujours pas répondu. Sa gorge se serre. Même si sa mère a également travaillé cette nuit, les gardes finissant à six heures du matin, elle devrait être rentrée chez elle depuis longtemps. Laura l'appelle et tombe encore sur la messagerie.

— Allô, Maman, je suis très inquiète, téléphone-moi.

Elle compose le numéro de la ligne fixe. Pas de réponse. Elle tente de joindre son père qui ne décroche pas. Elle n'y tient plus et contacte l'hôpital.

— Obstétrique, bonjour.

— Bonjour, je souhaiterais parler à madame Mandoza, s'il vous plaît. C'est de la part de sa fille.

— Bonjour Laura. Je suis désolée, aujourd'hui, elle ne commence qu'à dix heures.

— Elle était là, cette nuit ?

— Non. J'ai vu toute l'équipe pour la transmission des dossiers, ce matin, à six heures, mais elle n'était pas là.

— Elle a travaillé, hier ?

— Non. Mais, c'est normal, c'était son jour de congé.

Prise d'un vertige, Laura se met à bafouiller.

— Vous… Vous êtes sûre ?

— Oui, certaine. Pourquoi, il y a un problème ?

— Non, je vous remercie, dit-elle en raccrochant.

Elle téléphone à son père et laisse un message sur sa boîte vocale.

— Allô, Papa. Pourquoi ne réponds-tu pas ? Il est arrivé quelque chose à Maman, rappelle-moi vite.

Elle réprime un sanglot et compose le numéro de l'entreprise dans laquelle il travaille.

— Bonjour, je souhaiterais parler à monsieur Mandoza, s'il vous plaît. C'est sa fille.

— Je suis désolée, il n'est pas là.

— L'avez-vous vu, hier ?

— Non. Il n'est pas venu au bureau et nous n'arrivons pas à le joindre.

Sentant qu'elle va éclater en sanglots, Laura marmonne un remerciement à peine audible et raccroche. Elle hoquette, incapable de comprendre ce qu'il se passe. Puis, elle vérifie qu'elle a les clés de la maison de ses parents et roule, à toute allure, vers la banlieue pavillonnaire qu'ils habitent.

Devant la grande villa beige, la pelouse est bien tondue, les massifs de fleurs sont soignés et les palmiers se dressent fièrement vers le ciel. Elle ouvre la porte d'entrée.

— Maman ? Papa ? Vous êtes là ?

Seul le silence lui répond. Elle se précipite à l'intérieur et fait le tour de toutes les pièces, en courant. Elles sont propres et bien rangées, mais désertes. À l'extérieur, le salon de jardin et le barbecue sont également impeccables, mais il n'y a personne non plus. En entrant dans le garage, elle remarque que la voiture n'est pas là. Elle essuie les larmes qui roulent sur ses joues et appelle sa grand-mère paternelle.

— Allô Mamie ! Papa et Maman ont disparu.

2

JEUDI 2 OCTOBRE

MATIN

Esperanza Mandoza sonne à la porte. Sa petite-fille lui ouvre et se jette dans ses bras. Cheveux poivre et sel en désordre et tee-shirt ample dont la couleur jure avec celle de son pantalon témoignent de la hâte avec laquelle la vieille dame a quitté son domicile. Elle est tellement voûtée qu'elle semble encore plus petite que d'habitude. Laura lui détaille le déroulement des événements et sa grand-mère doit faire un effort pour contenir son émotion.

— Ils ont peut-être eu un accident. Pourrais-tu chercher les numéros des hôpitaux sur Internet ?

Elles s'asseyent sur le canapé beige du salon et la jeune fille pianote sur les touches de son téléphone.

— Il y en a plusieurs. Tu crois qu'il faut tous les contacter ? demande Laura.

— Ça risque de faire beaucoup. On devrait peut-être appeler les pompiers.

Laura réfléchit.

— Il doit y avoir tellement d'interventions…

— Tu as raison. Et si tu tapais « Rechercher quelqu'un qui a eu un accident », on pourrait connaître la marche à suivre.

La jeune fille acquiesce. Le résultat de sa demande apparaît presque aussitôt. Son estomac se serre de façon douloureuse lorsqu'elle découvre le premier lien proposé : « Comment savoir si une personne a été accueillie aux urgences ou hospitalisée à Tiguas ». La main légèrement tremblante, elle clique. Une nouvelle page s'ouvre.

Pôle Recherche de Patients (PRP) des Hôpitaux de Tiguas

Vous êtes inquiet, car sans nouvelles d'un proche. Cela vous semble anormal et vous pensez à une éventuelle hospitalisation. Les Hôpitaux de Tiguas mettent à votre disposition un numéro d'appel, 7 jours sur 7 et 24 heures sur 24.

Pour vous aider, le PRP des Hôpitaux de Tiguas contribue également à l'identification des patients inconscients, désorientés, amnésiques ou vulnérables.

— Je téléphone ? demande Laura.

— Vas-y, ma chérie.

La jeune fille retient son souffle pendant que la communication s'établit.

— Tu peux mettre le haut-parleur, s'il te plaît.

La sonnerie emplit la pièce.

— Pôle Recherche de Patients, bonjour. En quoi puis-je vous être utile ?

— Bonjour. Je n'ai pas de nouvelles de mes parents depuis hier matin et j'ai peur qu'ils aient eu un accident de voiture.

— Comment s'appellent-ils ?

— Bernardo et Cristina Mandoza. Le nom de jeune fille de ma mère est Duarten.

— Pour éviter les abus, je dois créer un dossier et prendre vos coordonnées. Vous êtes d'accord ?

Pendant que Laura répond aux questions, ses doigts tapent nerveusement sur sa cuisse.

— Ne quittez pas, je fais la recherche, dit la standardiste.

Un bruit se fait entendre et une musique d'attente résonne. La respiration de la jeune fille devient saccadée. Sa grand-mère pose sa main sur la sienne.

— Quelle angoisse, murmure Laura.

Un nouveau grésillement et la mélodie cesse.

— Merci beaucoup d'avoir patienté, Mademoiselle. Nous n'avons aucune entrée au nom de Bernardo ou de Cristina Mandoza.

— Vous en êtes sûre ?

— Absolument certaine. J'ai accès à l'ensemble des hôpitaux et cliniques de Tiguas et personne n'a été admis sous ce nom-là. Ni aujourd'hui, ni hier, ni les jours précédents.

Laura ne sait plus quoi dire et elle se tourne vers sa grand-mère. Celle-ci s'approche du téléphone.

— Bonjour Madame. Je suis la mère de Bernardo Mandoza. Si mon fils et ma belle-fille étaient incapables de parler, est-il possible qu'ils soient hospitalisés de façon anonyme ?

— Oui. Ça peut arriver.

Un lourd silence s'installe.

— Pourriez-vous vérifier, s'il vous plaît ? demande-t-elle enfin, d'une voix légèrement chevrotante.

— Oui. En ce moment, nous avons cinq individus non identifiés.

Laura se sent soudain oppressée.

— Pour les hommes, nous avons un jeune d'environ vingt-cinq ans et un vieux monsieur. Donc, ce n'est pas ça.

Laura déglutit avec peine.

— Pour les femmes, nous avons deux personnes âgées. Et, pour la troisième, euh…

La jeune fille a l'impression que son cœur va s'arrêter.

— De quelle couleur sont les cheveux de votre belle-fille ?

— Euh… blond vénitien.

— Ah non, ce n'est pas elle : la dame est brune.

Laura souffle bruyamment. Esperanza lâche sa main, s'éloigne du téléphone et se frotte le visage.

— Y a-t-il autre chose que je peux faire pour vous aider ? demande l'opératrice.

— Il est maintenant certain que mes parents ne sont pas hospitalisés, mais on ne sait toujours pas où ils sont. Avez-vous accès à d'autres informations ?

— Oui. J'ai le fichier des personnes qui sont dans les morgues de Tiguas.

Esperanza Mandoza est devenue livide et Laura retient ses larmes.

— Voulez-vous que je regarde, Mademoiselle ?

Sa grand-mère acquiesce en silence.

— Oui, dit Laura en reniflant.

— Un instant, s'il vous plaît.

L'employée les met en attente et la petite musique retentit de nouveau. Les deux femmes se tiennent les mains sans dire un mot. Les secondes s'égrènent avec une lenteur insoutenable. Un bruit se fait entendre et la mélodie cesse.

— J'ai une bonne nouvelle. Il n'y a personne à leur nom dans les morgues et pour les anonymes, il n'y a que deux personnes très âgées.

— Oh, merci, mon Dieu, dit Esperanza.

Laura ferme les yeux et rejette la tête en arrière pour s'appuyer au dossier du canapé. Elle sent tous les muscles de son corps se relâcher. Sa respiration reprend, peu à peu, son rythme normal.

— Avez-vous besoin d'autre chose ?

Elle rouvre les yeux.

— Merci beaucoup pour votre aide. Comment pourrions-nous les localiser ?

— Je vais vous donner un numéro qui vous permettra de savoir si leur voiture a été retrouvée. Si ce n'est pas le cas, je vous conseille d'aller au Commissariat Central de Tiguas.

3

JEUDI 2 OCTOBRE

APRÈS-MIDI

Après avoir patienté quelques minutes dans le commissariat de leur quartier, Laura et sa grand-mère pénètrent dans un petit bureau. L'homme qui les reçoit est en uniforme comme tous les policiers du Costan : chemisette et pantalon bleu marine, chaussures et ceinture noires. Sur la droite de sa poitrine, son nom est inscrit : Capitaine Paul Demota. À gauche, une étoile métallique matérialise le pouvoir qui lui est donné pour faire respecter la loi. Elle est placée sur son cœur pour le protéger et compte sept branches qui représentent les valeurs de la police costanienne : sacrifice, morale, loyauté, autorité, dignité, honneur et discipline.

D'une carrure imposante, la trentaine, les cheveux bruns et raides coupés courts, Paul Demota les fixe maintenant de ses yeux noirs. La climatisation semble être en panne, car il fait une chaleur étouffante.

— En quoi puis-je vous aider ?

Laura lui expose la situation.

— Quand cela s'est-il passé ?

— Hier.

— Ils sont peut-être au travail.

— Non. Et ils ne sont pas, non plus, à l'hôpital ni à la morgue. Quant à leur voiture, elle n'est pas à la fourrière, ni accidentée. Nous sommes très inquiètes, car nous les appelons régulièrement, mais ils ne répondent pas au téléphone. Capitaine, nous ne savons plus quoi faire, il faut absolument que vous nous aidiez à les retrouver.

— Avaient-ils une maladie grave ? Dépression, Alzheimer ?

— Non.

— Se sentaient-ils menacés ?

— Je ne crois pas.

— Peut-être ont-ils été voir de la famille ?

— Non. J'ai appelé mon oncle maternel et il ne sait pas, non plus, où ils sont.

— Ils s'entendent bien ?

— Oui, très bien.

Le capitaine lève les yeux et se recule sur sa chaise.

— Mademoiselle, avez-vous envisagé l'hypothèse qu'ils aient voulu partir ?

— C'est-à-dire ?

— Disparaître volontairement.

Laura le dévisage.

— En m'abandonnant ?

— Quel âge avez-vous ?

— Dix-huit ans. Pourquoi ?

— Vous êtes majeure. Ils ont très bien pu vouloir partir à deux pour vivre une nouvelle jeunesse.

— Mais, non. Pourquoi ? Ça n'a pas de sens.

Il croise les mains sur le bureau et avance son buste vers elle.

— Vous savez, chaque année, des milliers de gens se volatilisent de la sorte. Une personne majeure est libre d'aller et venir comme bon lui semble, sans en informer quiconque. C'est un droit fondamental de chaque adulte.

Laura regarde sa grand-mère qui paraît pétrifiée.

— S'il n'y a pas d'éléments concrets indiquant que leur

disparition est inquiétante, aucune enquête officielle ne peut être ouverte, enchaîne-t-il.

— Mais, ce n'est pas possible ! Vous devez nous aider à les retrouver.

— Je suis vraiment désolé, Mademoiselle, mais je ne peux rien faire pour vous en l'état actuel des choses.

Laura ne peut pas retenir ses larmes.

— Ils ne seraient pas partis sans nous prévenir, tout de même.

— Non, c'est sûr, dit sa grand-mère en la prenant dans ses bras.

— On ne va pas juste attendre, dit Laura. Que peut-on faire, Capitaine ?

Il se radoucit, attendri par ces deux femmes désespérées qui se serrent l'une contre l'autre.

— Je vous conseille de rencontrer leurs employeurs, leurs amis proches, leurs collègues et les membres de votre famille. Ils pourront peut-être vous donner des pistes, vous dire s'ils avaient des soucis financiers ou professionnels, par exemple.

— Ils nous en auraient parlé, dit Laura.

— Pas forcément, Mademoiselle. Et puis, vous pouvez également lancer un avis de recherche via les réseaux sociaux.

À peine sortie dans la rue, Laura met en œuvre les conseils du capitaine Demota et téléphone pour savoir si elle peut rencontrer les supérieurs hiérarchiques de ses parents. Touchés par sa détresse, ils acceptent de la voir en fin d'après-midi. Elle appelle ensuite le magasin de décoration dans lequel elle travaille pour leur indiquer qu'elle ne pourra pas venir.

Assise à côté de Laura, dans le parc situé en face du commissariat, Esperanza Mandoza, mains crispées sur les genoux, est très pâle. La jeune fille consulte les réseaux sociaux. Son père ne communique jamais et la dernière publication de sa mère, un commentaire humoristique, date de la semaine précédente. Laura ouvre sa propre page, charge une photo prise, en juillet, lors de leurs vacances en Floride et réfléchit quelques secondes avant de taper son message :

Bonjour à vous tous,

Je n'ai plus de nouvelles de mes parents et je suis très inquiète. Ils sont partis sans me prévenir et je n'arrive pas à les joindre. Si vous savez où ils sont, contactez-moi de toute urgence. N'hésitez pas à faire circuler l'information, car quelqu'un les a peut-être vus quelque part. Merci d'avance à tous. Je compte sur vous.

— Qu'en penses-tu, Mamie ?

— C'est très bien, ma chérie, dit sa grand-mère qui ne comprend pas grand-chose à ce monde virtuel.

Laura appuie sur le bouton Envoi puis elle écrit des messages privés à leurs amis. À peine a-t-elle terminé qu'elle reçoit déjà des émojis qui pleurent ou qui sont en colère. Les premières réponses arrivent également. Elle est particulièrement touchée de constater que ses meilleurs copains sont parmi les premiers à se manifester et à lui proposer leur aide.

Hello Laura. Je suis vraiment désolée pour toi. Je vais à la pêche aux infos et je te tiens au courant. Bisous. Isabel

Laura, je suis sous le choc. Je partage ton post. Jessica

Coucou Laura. Je me renseigne. Bon courage à toi en attendant. Mateo

Puis, elle fait défiler les messages des amis de ses parents. Malheureusement, personne ne sait où ils sont.

Laura propose à sa grand-mère d'aller questionner leurs voisins pendant qu'elle va à ses rendez-vous. Esperanza accepte et la jeune fille se dirige vers l'hôpital où travaille sa mère. Elle se perd dans les immenses couloirs de ce bâtiment ultramoderne car ils se ressemblent tous. Elle finit par trouver le bureau du chef de service d'obstétrique, une femme d'une cinquantaine d'années qui l'accueille avec des yeux remplis de bonté.

— Je suis vraiment désolée de ce qui se passe. J'aime beaucoup votre mère. Elle est fiable, professionnelle et responsable, ce qui est capital dans notre métier.

La gynécologue rejette ses cheveux blonds en arrière et consulte l'écran de son ordinateur.

— Dans les dernières semaines, il n'y a rien eu de particulier : pas d'absentéisme, aucune réclamation de la part des patients, pas de doléances des médecins ou des infirmières. Mais, euh…

— Oui ? dit Laura pour l'inciter à continuer.

— Elle avait l'air préoccupée depuis quelque temps et avait souvent un voile de tristesse ou d'inquiétude dans le regard, ce qui ne lui ressemblait pas du tout. Lorsque je l'ai questionnée, à deux ou trois reprises, pour savoir si tout allait bien, elle m'a répondu que oui. Je n'ai pas osé insister pour ne pas paraître indiscrète. Voilà, c'est tout ce que je peux vous dire.

Laura la remercie et prend congé. En se rendant dans l'entreprise qui emploie son père, la jeune fille se demande ce qui pouvait tourmenter sa mère et pourquoi celle-ci ne lui a rien dit. Elle pénètre dans une immense tour vitrée et prend l'ascenseur. Les bureaux de Cosports, première chaîne de magasins de sport du Costan, occupent l'ensemble du deuxième étage. Elle montre sa carte d'identité à l'accueil puis patiente, assise dans un fauteuil particulièrement moelleux. Les jambes croisées, son pied bouge sans qu'elle s'en rende compte. La porte s'ouvre et le patron de son père, petit homme affable d'une soixantaine d'années, la fait entrer. Il lui offre un thé et elle souffle pour refroidir le liquide brûlant.

— Je suis vraiment navré et j'espère que tu retrouveras tes parents très bientôt, dit-il. Bernardo est un collaborateur sérieux, efficace et respecté.

— Il n'a jamais eu de problèmes professionnels ?

— Non. J'ai toujours été très satisfait de son travail. C'est d'ailleurs pour ça que je lui ai donné une promotion, l'an dernier, quand un de nos employés est parti à la retraite. Lors de son entretien de fin d'année, il s'est montré très reconnaissant d'être devenu responsable de la stratégie digitale de l'entreprise.

La jeune fille hoche la tête en silence. Elle n'a toujours aucun élément permettant de savoir où sont ses parents.

— Si je peux faire quelque chose pour t'aider, Laura, ce sera avec plaisir.

— Je suis à la recherche d'informations. Avez-vous remarqué une transformation dans son comportement, récemment ? A-t-il mentionné quelque chose de spécial ? A-t-il évoqué le fait de vouloir changer de vie ?

— Non. Mais… euh… Depuis plusieurs semaines, il était un peu bizarre. Souvent de mauvaise humeur ou alors complètement déprimé. Ça devenait pesant pour moi, car on travaille beaucoup ensemble. Je lui ai demandé s'il avait des problèmes, mais, à chaque fois, il me répondait que non. Au bout d'un moment, je lui ai conseillé de se mettre au sport pour se défouler ou de partir en voyage pour se changer les idées.

En entendant ces mots, Laura s'en veut de ne pas avoir été plus proche de son père afin de l'aider à traverser cette phase difficile. Elle termine son thé, remercie, quitte l'entreprise et remonte dans sa vieille voiture achetée d'occasion pour ses dix-huit ans. Décidément, elle a beau chercher, elle ne trouve aucune piste. Mais, le pire, c'est qu'elle culpabilise. Elle se reproche de ne pas avoir vu les récents changements d'humeur de ses parents. Absorbée par la quantité de travail en première année d'école vétérinaire, elle a négligé de leur rendre visite aussi souvent qu'elle aurait dû. Repensant à ce qu'elle vient d'entendre, elle traverse la ville sans y prêter une attention particulière. Elle contourne la place arborée de l'Indépendance, passe devant la cathédrale du dix-huitième siècle et longe la Mairie, superbe monument baroque espagnol. Puis, elle emprunte l'artère principale de Tiguas, l'Avenida Central, où se trouvent les plus belles bâtisses anciennes dont la plupart ont été transformées en hôtels, en restaurants ou en magasins de luxe. Elle poursuit sa route dans le centre historique et arrive dans le quartier où les façades sont peintes de couleurs vives. Après s'y être reprise à trois fois, elle se gare enfin devant la petite maison bleue de sa grand-mère. Celle-ci lui ouvre la porte et lui propose d'aller directement dans le patio où son oncle maternel l'attend. Cheveux châtain clair, taches de rousseur et yeux verts, il ressemble beaucoup à sa sœur. La jeune fille se jette contre lui et il la serre longuement dans ses bras.

— Comment te sens-tu, Laura ?

— Très inquiète, on n'a toujours aucune nouvelle.

Esperanza pince les lèvres et sert du jus d'orange. Elle en renverse sur la table.

— Comme je suis maladroite ! dit-elle en allant chercher une éponge dans la cuisine.

— Qu'est-ce que vous avez comme informations ? demande Gabriel.

— J'ai été voir les voisins de Cristina et Bernardo. Certains n'étaient pas là et ceux que j'ai pu rencontrer n'ont rien remarqué de spécial, dit Esperanza.

Laura évoque les entretiens qu'elle a eus au cours de l'après-midi. Au fur et à mesure qu'elle parle, le visage de Gabriel Duarten se crispe.

— C'est insensé cette histoire. Ça ne ressemble pas du tout à Cristina de disparaître avec Bernardo sans rien nous dire. Qu'en pensez-vous, Esperanza ?

— Je suis d'accord avec vous. Et puis, surtout, pourquoi tout quitter ? Ils ont tout pour être heureux : une fille belle et intelligente, un métier passionnant, un couple soudé, des moyens pour partir en vacances. Ils n'ont aucun problème. Ça n'a aucun sens.

— Elle ne t'a rien dit, Gabriel ? demande Laura. Essaie de te rappeler. Tu ne sais pas où Maman pourrait être.

— Non, je ne vois pas du tout.

— Il n'y a pas un endroit où elle aimait aller avec vos parents avant leur décès ? Un lieu de souvenir ou de pèlerinage ?

— Pas particulièrement.

— Et toi, Mamie, est-ce que Papa avait un rêve de jeunesse qu'il voulait absolument réaliser ? Peut-être qu'il s'est dit qu'il s'en était trop éloigné.

— À part son désir d'être astronaute quand il avait dix ans, je ne vois pas.

Perdus dans leurs pensées, ils restent tous les trois silencieux. Les mots du capitaine Demota sur les disparitions volontaires reviennent à l'esprit de Laura.

— S'ils avaient envie de partir, je ne comprends pas pourquoi ils ne m'ont rien dit. J'aurais peut-être eu du mal à l'accepter au début, mais j'aurais fini par m'y résoudre.

Elle fait une pause.

— Vous croyez qu'ils m'aimaient ou qu'ils faisaient semblant ?

— Pourquoi dis-tu cela ? demande sa grand-mère.

— Je me souviens d'une voisine qui regrettait de ne plus avoir de temps pour elle depuis la naissance de son fils.

— La venue au monde d'un bébé est fatigante, mais tu es grande maintenant et tu n'habites plus avec eux. S'ils avaient dû fuir leurs responsabilités, ils l'auraient fait, il y a bien longtemps. Vous n'êtes pas d'accord, Gabriel ?

— Si, absolument.

Esperanza se lève et rapporte du gâteau de la cuisine. Elle trébuche en arrivant sur la terrasse et retrouve son équilibre de justesse.

— Excusez-moi, je suis très tendue.

— Ne vous excusez pas, Esperanza, nous le sommes tous, dit Gabriel.

— Vous pensez qu'ils auraient pu faire un burnout ? demande Esperanza en s'asseyant.

— Les deux en même temps ? C'est peu probable, répond Gabriel.

— Et l'un des deux ? L'autre aurait alors voulu partir pour lui changer les idées.

— C'est possible, dit Laura. Mais, ça ne correspond pas à ce que m'ont décrit leurs supérieurs et leurs collègues.

— Et puis, pourquoi n'auraient-ils rien dit ? demande Gabriel en terminant son verre de jus d'orange.

— Vous croyez que ça pourrait être un problème d'argent ? dit Laura. Entre la location de la studette et le prix de l'école vétérinaire, je leur coûte beaucoup plus cher qu'avant. Ils ont peut-être estimé que c'était trop et qu'ils ne pouvaient plus payer.

— S'ils avaient été licenciés peut-être, mais là, leur situation financière n'a pas changé.

— En plus, Bernardo est du genre prévoyant et économe, dit Esperanza en remplissant de nouveau le verre de Gabriel et en faisant une nouvelle tache sur la table.

La jambe croisée de Laura bouge sans qu'elle s'en rende compte tandis que son regard se pose sur les cactus et les bougainvillées du patio. Elle adore ce jardin. Elle y a joué pendant des heures quand elle était petite. Elle faisait des constructions avec les cailloux, s'amusait avec ses poupées dans le hamac et se baignait dans le bassin lorsqu'il faisait très chaud. Elle donnerait n'importe quoi pour retrouver ces moments de bonheur.

— À votre avis, ont-ils pu rejoindre un mouvement religieux ? demande Gabriel en terminant sa tranche de gâteau.

— Non, je ne vois pas du tout Bernardo et Cristina dans une secte, répond Esperanza.

Gabriel repousse son assiette vide.

— Donc, finalement, si on retire toutes les hypothèses qui ne nous semblent pas réalistes, il nous en reste trois qui pourraient expliquer leur disparition. Premièrement, ils sont partis plus loin qu'on ne le pense et ils ont eu un accident en dehors de Tiguas.

Deuxièmement, ils ont été enlevés et il faut se préparer à recevoir une demande de rançon.

— Une demande de rançon ? Mais, nous n'avons pas d'argent, dit Laura dont l'estomac s'est noué douloureusement en imaginant ses parents en danger de mort.

— Quelle est la troisième possibilité ? dit Esperanza.

— C'est la plus plausible et elle expliquerait leur inquiétude. Ils ont cherché à fuir quelqu'un qui les menaçait.

4

VENDREDI 3 OCTOBRE

MATIN

À peine réveillée, Laura se précipite sur son téléphone. Elle consulte ses mails, ses messages et les réseaux sociaux, mais il n'y a toujours aucun signe de ses parents. Elle enfouit la tête dans l'oreiller pour masquer un cri guttural puis elle tape et mord dans son traversin. L'idée qu'ils sont peut-être blessés ou enfermés quelque part et qu'elle ne peut rien faire pour les aider lui est insupportable.

Mais si, elle peut faire quelque chose. En consultant son téléphone, elle a remarqué qu'elle avait un message d'un détective privé et que sa grand-mère lui a transmis les coordonnées d'une association de recherche de disparus. Puisque la Police refuse de se saisir de l'affaire, ces personnes pourront l'assister dans ses investigations. Elle les appelle et convient d'un rendez-vous avec eux. Son oncle ne pouvant pas s'absenter aujourd'hui de son poste de représentant en bières et téquilas, elle séchera les cours, ne se rendra pas au travail et ira les rencontrer avec sa grand-mère. Comme ils le lui ont demandé, elle a sélectionné sur son téléphone plusieurs photos de ses parents où on les voit en gros plan. Elle a pris ces clichés, en juillet dernier, lors de leur séjour en Floride. Ils ont l'air tellement heureux. Laura fait refluer l'émotion qui l'envahit en repensant à ce merveilleux voyage.

Pedro Farian, président de Farian Investigation, leur a proposé de venir dans son bureau du centre-ville. Chevelure brune arrangée avec soin, moustache épaisse, chemise ouverte et chaîne en or qui brille, l'homme âgé d'une quarantaine d'années les salue puis les fixe d'un regard compatissant. Esperanza lui expose la situation en détail.

— Nous comptons beaucoup sur vous, monsieur Farian, dit-elle d'une voix étranglée. Vous êtes notre seul espoir.

— Je ne vous laisserai pas tomber, Madame Mandoza.

L'air affable du détective, son timbre grave et posé les rassure et les met en confiance. Enfin, quelqu'un qui veut les aider.

— Au départ, j'étais commercial, mais la disparition d'une amie m'a révélé la détresse des proches et la vanité de mon métier. J'ai donc décidé de devenir chercheur de disparus à temps plein, il y a dix ans. Je suis bénévole et je sacrifie tout à cette cause. Fondamentalement, j'ai toujours aimé aider les autres.

Laura regarde sa grand-mère qui reprend espoir.

— En dix ans, je me suis fait un bon carnet d'adresses avec des contacts haut placés à Tiguas et, bien sûr, à Temaco City.

Le visage d'Esperanza s'éclaire.

— Comme les services de la police judiciaire sont souvent saturés, la tentation est grande pour eux de ne pas juger « inquiétantes » certaines disparitions, poursuit-il.

— C'est exactement ce qui nous est arrivé ! s'exclame Laura.

— Malheureusement, pendant ce temps, on risque de perdre des éléments importants pour l'enquête.

— C'est vrai. Que peut-on faire ? demande la jeune fille.

— Le mieux est d'agir au plus vite.

— Quand pourriez-vous commencer vos recherches ? dit Esperanza.

— Dès que vous le souhaitez.

— Qu'en penses-tu, Laura ?

— Je suis d'accord. Comment faut-il procéder ?

— D'abord, vous réglez les frais de constitution de dossier et, ensuite, vous pouvez bénéficier de l'ensemble de mes services gratuitement. Je réalise alors un premier entretien, avec chacune de vous et, éventuellement, avec une ou deux personnes supplémentaires. Cela me permet de mieux connaître vos parents, leurs goûts, leurs habitudes et de pouvoir commencer mes recherches.

— Mon oncle souhaiterait également y participer.

— Parfait, dit-il en sortant une feuille d'un tiroir. L'inscription individuelle est de cent dollars par personne. Étant donné que vous êtes trois, je vous conseille de prendre la cotisation famille qui est de cent cinquante dollars.

— Cent cinquante dollars ? répète Esperanza en se tassant sur sa chaise.

Pedro Farian se penche légèrement vers elle.

— Cela peut sembler un peu cher. Mais, finalement, Madame Mandoza, pour avoir accès aux services et au carnet d'adresses d'un professionnel, c'est un prix raisonnable.

— Oui, j'imagine, murmure Esperanza.

— Et si on ne prenait qu'une cotisation ? suggère Laura à sa grand-mère.

Pedro Farian émet un claquement de lèvres et un soupir.

— Si je puis me permettre, ça veut dire que je ne serai en contact qu'avec une seule d'entre vous, aussi bien pour le recueil d'informations que pour vous communiquer l'avancement de mes recherches.

Nouvelle expiration.

— Vous faites comme vous le souhaitez mais c'est ennuyeux. Mes enquêtes progressent mieux quand tous les membres de la famille participent.

— Pourquoi ?

— Parce qu'il y a toujours une personne qui donne un

élément auquel une autre n'a pas prêté attention ou qu'elle a oublié. Il y a donc un effet boule de neige qui est très précieux quand on investigue. On gagne beaucoup de temps. Et aller vite, c'est capital, en cas de disparition.

Laura se penche vers sa grand-mère.

— On peut attendre et voir s'il n'y a pas des possibilités moins chères, souffle-t-elle.

Esperanza a compris qu'elle faisait référence au rendez-vous qu'elles ont pris avec l'association qui les a contactées.

— C'est vrai, mais plus on a d'aide et plus on peut les retrouver rapidement. Je veux mettre toutes les chances de notre côté.

— Tu as raison, Mamie.

Esperanza se tourne vers Pedro Farian.

— Nous allons suivre vos conseils et choisir la cotisation famille.

— Voilà une très bonne décision que vous ne regretterez pas. On sent que vous êtes une femme d'expérience.

Laura remplit le formulaire d'inscription que lui a donné Farian pendant que sa grand-mère sort sa carte bleue. Puis, elles répondent à toutes les questions du détective. Lorsqu'elles ont terminé, elles remontent en voiture et se dirigent vers le lieu de leur deuxième rendez-vous, dans un quartier populaire de Tiguas.

— Merci beaucoup, Mamie. Je te rembourserai.

— Non, ce n'est pas la peine.

— Tu ne trouves pas que c'est un peu cher ?

— Bien sûr que si, mais on n'a pas le choix.

Elles s'arrêtent devant un immeuble moderne sur lequel il y a le logo de l'ARD, l'Association de Recherche des Disparus. Elles pénètrent dans un petit local qui abrite une salle d'attente et trois bureaux. Racines brunes, mèches blondes, tee-shirt noir moulant, une jeune femme s'approche d'elles.

— Bonjour, je suis Cintia Arrubal, c'est moi que vous avez eue au téléphone. Suivez-moi.

Laura et sa grand-mère lui emboîtent le pas et s'asseyent en face d'elle. Une nouvelle fois, Esperanza expose leur situation. Cintia acquiesce régulièrement en prenant des notes.

— Je comprends votre inquiétude, Madame. Vous avez eu raison de venir nous voir. Je vais vous expliquer comment nous fonctionnons.

Elle saisit un dépliant et l'étale en grand sur le bureau.

— Notre structure existe depuis douze ans et elle est toujours dirigée par son fondateur. Elle a été créée dans notre capitale, Temaco City, et, au fur et à mesure des années, des antennes ont ouvert dans les principales villes du pays. Nous en avons actuellement cinq dont celle de Tiguas. Au total, une trentaine de personnes travaillent pour nous.

— C'est beaucoup ! murmure Laura.

— Oui, l'idée est d'avoir un maillage du territoire pour que notre action soit la plus efficace possible. Nous sommes l'association la plus importante de l'île du Costan.

Cintia retourne le dépliant.

— Ce qui fait notre force, c'est la diversité des profils de nos bénévoles. Nous avons des proches de disparus, mais également des policiers ou des magistrats à la retraite. Leur expérience et leurs compétences sont extrêmement précieuses et démultiplient nos capacités d'intervention et d'enquête.

Esperanza se tourne vers sa petite-fille.

— C'est formidable !

Cintia se penche vers les deux femmes.

— En parallèle, pour que votre affaire avance, je vous conseille de la médiatiser. Les disparitions sont les dossiers les plus difficiles à élucider, car il n'y a pas de corps. Pour que la Police ouvre une enquête, je recommande donc à toutes les familles de faire parler d'elles.

Laura regarde sa grand-mère qui semble réticente.

— En attendant, nous pouvons intervenir dès maintenant et mettre en œuvre des recherches avec nos moyens, poursuit

Cintia. Nous pouvons organiser une battue et même faire venir un chien chez vos parents pour trouver des pistes.

Esperanza se passe la main sur le front.

— Mais, ça va coûter très cher !

— Non, Madame. Rien du tout.

— Comment ça, rien ? Il y a pourtant des personnes à payer !

— Comme je vous le disais, nous sommes bénévoles. Nous faisons donc tout cela gracieusement. Si jamais, il y avait des dépenses, nous vous en parlerons.

— Mais, comment vit votre association ?

— Nous avons des frais d'adhésion pour nos membres de cinquante dollars et nous organisons un gala de charité annuel. Nous recevons également des dons de personnes souhaitant nous soutenir.

— Nous n'aurons donc rien à payer ?

— Uniquement, les cinquante dollars.

Esperanza dévisage sa petite-fille. Laura se sent perdue et se demande laquelle des deux associations sera la plus efficace.

— De votre côté, vous avez un rôle à jouer dans ces recherches, enchaîne Cintia. Vous pouvez consulter les relevés des comptes bancaires de vos parents, les factures détaillées de leurs opérateurs téléphoniques et leurs messageries Internet. Ce sont des indicateurs précieux qui vous renseigneront sur leurs mouvements éventuels.

5

VENDREDI 3 OCTOBRE

APRÈS-MIDI

Cintia a quitté les locaux de l'association pour rejoindre le salon de coiffure dans lequel elle travaille.

Assise sur son siège, Madame Valdez tourne, de ses doigts boudinés, les pages de son magazine people préféré. Derrière elle, Cintia est censée lui faire un brushing, mais elle semble plus intéressée par son journal que par les cheveux de sa cliente.

— Les photos de mariage de cette chanteuse qui vient d'épouser son copain acteur sont magnifiques.

— Oui, malheureusement, les stars ne restent jamais en couple bien longtemps.

— C'est juste, mais c'est pour moi une véritable source d'inspiration. D'ailleurs, j'ai gagné, le mois dernier, les championnats de coiffure du Costan dans la catégorie « Chignons ».

— C'est vrai ? Bravo ! Je ne savais pas que j'étais entre des mains aussi expertes ! Est-ce que vous avez augmenté vos tarifs ?

— Non, dit Cintia en riant.

La voix aigre de Rita Cordero, la patronne du salon, se fait entendre depuis la caisse.

— Bon, Cintia, ce serait bien si vous parliez moins et si vous coiffiez plus. Madame Valdez va finir par s'enrhumer à force de garder les cheveux mouillés, dit-elle en la fusillant du regard.

La cliente n'en a pas perdu une miette et observe la gérante qui descend dans la réserve.

— Eh bien, elle vous surveille toujours autant. Votre récompense récente ne semble pas l'avoir calmée.

— Non, elle est très désagréable, marmonne Cintia en reprenant son brushing. En tout cas, moi, si j'avais mon propre salon, je serais plus chaleureuse avec la clientèle et les employées.

— Vous souhaiteriez travailler à votre compte ?

— Oh oui, c'est mon objectif. J'essaie d'économiser un peu chaque mois, mais ça coûte tellement cher…

— Vous avez le temps, vous êtes jeune.

— J'aimerais y arriver dans une dizaine d'années, mais je ne sais pas si c'est très réaliste… En attendant, depuis quelques mois, je suis bénévole dans une association de recherche de disparus.

— C'est très généreux de votre part d'aider les autres.

— Oui, j'avais envie de me rendre utile et de donner un sens à ma vie. En plus, ça me permet de continuer à enquêter sur ma petite sœur dont on n'a plus de nouvelles depuis deux ans.

— Oh, je suis sincèrement désolée.

Cintia baisse la tête tandis que Madame Valdez se met à tourner les pages de son magazine sans vraiment y prêter attention. Un long silence s'installe. Pour revenir à plus de légèreté, la coiffeuse qui a presque terminé son brushing regarde au-dessus de l'épaule de sa cliente.

— Qu'est-ce qu'il est beau ce footballeur !

— Effectivement, ce n'est plus de mon âge, mais je dois avouer qu'il a un torse musclé à se damner !

Les deux femmes détaillent sa plastique avantageuse.

— Vous avez un copain, Cintia ?

— Non, actuellement, je suis célibataire. Mais, ça ne va pas durer, car j'ai décidé de m'inscrire sur un site de rencontres. Et vous ?

— Je viens de fêter mes quarante ans de mariage !

Pour suivre les conseils de Cintia et faire avancer les choses, Laura retourne dans la maison de ses parents. L'espace d'un instant, elle espère les retrouver là-bas, comme si de rien n'était. Mais non. Les pièces sont désespérément vides et seul le silence le plus total l'accueille. Elle monte dans leur chambre et se dirige vers l'armoire contenant les papiers importants. Elle l'ouvre en grand et consulte les pochettes, une à une. Dossier médical. Ce n'est pas ça : elle la jette par terre. Les impôts. Par terre. Les assurances. Par terre. Elle cherche fébrilement. Les modes d'emploi des appareils électriques. Par terre. Les factures. Par terre. La banque. Ça y est. Elle se saisit de la chemise cartonnée, y trouve les codes d'accès au compte courant de ses parents et les tape sur la page d'accueil du site. Le solde s'affiche. Elle détaille tous les mouvements récents. Les salaires ont été versés. Les prélèvements ont été débités. Comme il s'agit d'un compte joint, il y a les onglets des deux cartes bleues. Elle clique d'abord sur celle de sa mère. Elle voit le paiement des courses alimentaires, d'une boutique de vêtements et un retrait au distributeur d'un montant de cent dollars, il y a quatre jours. Puis, plus rien. Elle consulte ensuite les mouvements sur la carte de son père. Il a fait quelques achats en ligne, a réglé des restaurants et a pris cent dollars, la veille de leur disparition. Il n'y a aucun changement depuis. Un léger vertige la saisit. C'est ce qu'elle craignait : il s'est passé quelque chose de grave.

Elle replonge dans le dossier et s'aperçoit qu'il y a un autre compte, un livret d'épargne. Des numéros de codes sont griffonnés sur un relevé. Elle les tape sur le site, mais aucun ne fonctionne. Son père doit sûrement avoir l'équivalent. Elle regarde, mais ne voit rien dans la pochette. Elle fouille, de nouveau, dans l'armoire et met du désordre dans les draps puis dans les serviettes. Mais, il n'y a pas d'autre dossier. Elle se dirige vers les vêtements de son père. Elle cherche dans les pulls bien pliés. Rien. Elle défait la pile de tee-shirts. Là, elle touche quelque chose. Elle les jette par terre pour voir ce qu'il y a derrière. Elle trouve une pochette à trois rabats intitulée Papiers Importants qui contient des documents, mais aucun code. Elle décide d'aller à la banque.

Elle allait sortir lorsque quelqu'un sonne à la porte. Elle ouvre. Cheveux et bouc poivre et sel, un homme portant une chemise à carreaux et doté d'un certain embonpoint se tient devant elle.

— Bonjour. Je viens voir Monsieur Mandoza.

— Je suis désolée, il n'est pas là.

— C'est ennuyeux. Savez-vous quand il va revenir ? Je lui ai laissé plusieurs messages sur son portable, mais il ne m'a pas rappelé.

— Euh…

Devant le silence de Laura, il insiste.

— Quand pourrais-je le joindre ?

— Euh…

— Vous êtes sa fille ?

— Oui.

— Je suis Alistair Smith et j'ai rencontré votre père par l'intermédiaire d'un ami commun. Je lui ai confié des clés et j'aurais souhaité qu'il me les rende.

— Je ne suis pas au courant. Vous voulez regarder ?

Elle le fait entrer et se dirige vers une petite armoire murale en bois peint dans laquelle ses parents rangent toutes leurs clés. Il les observe attentivement.

— Non, elles ne sont pas là. Votre mère sait peut-être où elles se trouvent.

— Euh…

Il doit la prendre pour une demeurée vu la lenteur avec laquelle elle lui répond, mais elle est désarçonnée par ses questions.

— Si votre mère n'est pas là, je peux lui téléphoner pour éviter de la déranger.

Ignorant qui elle a en face d'elle, elle décide de lui mentir.

— En fait, ils sont partis en voyage… euh… dans la jungle… euh… donc ils ne sont pas joignables.

— Ils sont partis dans la jungle avec mes clés ?

— Écoutez, je suis pressée. Je peux essayer de les chercher et je vous appelle si je les trouve. Comment sont-elles ?

— C'est un trousseau qui est très reconnaissable parce qu'il a un gros porte-clés bleu en forme de tong.

Elle arrive enfin à se débarrasser de ce visiteur importun et ferme la porte à clé en sortant. Pour des raisons de commodité, ses parents ont choisi une agence bancaire près de chez eux et Laura y est en quelques minutes. Heureusement, à cette heure-là, il n'y a personne et elle s'avance directement vers la guichetière dont les cheveux sont attachés en un chignon strict.

— Bonjour, Madame. Je ne parviens pas à accéder à certains comptes.

La jeune fille lui fournit les numéros concernés et l'employée pianote sur son clavier.

— Je vois qu'ils sont au nom de Cristina ou de Bernardo Mandoza.

— Oui, c'est ça.

— Ce n'est pas vous.

— Non, ce sont mes parents.

— Il faut qu'ils viennent en personne et nous leur attribuerons de nouveaux codes.

— Je peux éventuellement les leur transmettre, tente Laura.

— Avez-vous une procuration ?

— Non.

— Alors, ça ne va pas être possible.

— Est-ce que vous pouvez me donner un relevé ou, au moins, le solde ?

— Sans procuration, c'est absolument impossible.

— En fait, ils ont disparu et je voudrais savoir s'il n'y a pas quelqu'un qui les oblige à faire des retraits.

— Dans ce cas, il nous faut une demande expresse de la Police.

6

SAMEDI 4 OCTOBRE

Laura se réveille fatiguée. Elle a très mal dormi, car sa nuit a été peuplée de cauchemars. En prenant son petit-déjeuner, elle regarde une courte vidéo de ses parents qu'elle a enregistrée, il y a quatre mois, à l'occasion de leur dernier anniversaire de mariage. Cela lui fait du bien de les voir bouger, de les entendre parler. Elle a ainsi l'impression qu'ils sont toujours auprès d'elle, même si les conversations avec sa mère lui manquent terriblement.

Esperanza a proposé à Gabriel et à sa petite-fille de se retrouver chez elle pour avancer dans leurs recherches. En chemin, Laura laisse un message au capitaine Demota, mais elle a peu d'espoir qu'il accède à sa demande concernant les comptes de ses parents tant qu'aucune enquête officielle ne sera ouverte.

Lorsqu'elle arrive, son oncle est déjà là et Esperanza leur sert un café dans la cuisine au carrelage en terre cuite. Ils ont, tous les deux, les traits tirés et les yeux rouges.

— À la suite des publications que j'ai faites sur les réseaux sociaux, les témoignages affluent, dit Laura, en les faisant défiler sur son téléphone. Et toi, Gabriel, en as-tu beaucoup ?

— Énormément !

Chacun de leur côté, ils analysent les messages qu'ils ont reçus et prennent en note le moment et l'endroit où des personnes pensent avoir vu Cristina et Bernardo. Ils répondent à certains pour leur réclamer plus de précisions lorsque les informations fournies ne sont pas suffisamment explicites.

— Alors ? demande Laura à Gabriel lorsqu'il repose son crayon.

Il souffle longuement en hochant la tête.

— Il y a de tout. Certains, l'écrasante majorité, les ont vus tout à côté tandis que d'autres sont sûrs de les avoir aperçus dans la capitale. Et toi ?

— Il en va de même pour moi. Une femme affirme les avoir repérés à Temaco City, mais la plupart des témoignages les situent à Tiguas. Faut-il aller à Temaco City ?

— Commençons par Tiguas, il y a suffisamment à faire, après on verra. Qu'en penses-tu ?

— Tu as raison.

— Tous les trois, nous allons nous partager la ville de Tiguas en fonction des signalements reçus. Il y en a beaucoup, mais si on n'a pas fini, aujourd'hui, on continuera demain, dit Gabriel.

— Crois-tu que ces informations soient crédibles ?

— Je ne sais pas, mais, de toute façon, ce sont les seules pistes que nous ayons.

Les seules pistes que nous ayons. À ces mots, Laura se met à triturer son pendentif, cadeau d'anniversaire de ses parents pour ses seize ans.

— Vous vous rendez compte que cela fait déjà trois jours qu'ils ont disparu.

Esperanza s'approche d'elle et la serre contre elle.

— Ne t'inquiète pas, ma chérie. Il suffit qu'une seule personne les ait vus pour qu'on les retrouve. Il ne faut pas se décourager.

La jeune fille acquiesce et reste longtemps blottie dans les bras de sa grand-mère puis dans ceux de son oncle.

Lorsqu'elle monte dans sa voiture, Gabriel vient de prendre la route et Esperanza attend, derrière elle, dans son véhicule. Laura se rend à la première adresse qu'elle a notée. Apparemment, ses parents auraient été aperçus dans un supermarché. Arrivée sur place, elle montre leur photo au caissier, mais il ne les a pas vus et les quelques clients présents dans le magasin non plus.

Quand elle n'a plus personne à interroger, la jeune fille décide de se diriger vers le deuxième lieu. Il s'agit du plus grand parc de la ville. Un doute la saisit. Quelle est la probabilité qu'elle les croise justement à ce moment précis ? Il n'y a sûrement aucune chance, mais elle refuse de se laisser décourager. L'essentiel est de recueillir des témoignages. Comme l'a dit sa grand-mère, un seul suffirait. Elle entre donc dans le jardin. Il fait beau et il y a quelques personnes âgées assises sur des bancs au soleil. Elle leur montre la photo de ses parents, mais personne n'est capable de lui donner le moindre indice. Elle continue jusqu'à avoir fait le tour du parc.

D'un pas lent, elle retourne vers sa voiture et se rend dans un magasin de bricolage où un homme correspondant au signalement de son père aurait été aperçu au rayon outillage. Elle aborde plusieurs vendeurs, mais ils ne sont pas en mesure de la renseigner.

Pour sa dernière vérification, elle se dirige place de l'Indépendance. Elle se gare et montre la photo de ses parents à tous les passants, sans même jeter un regard à l'hôtel de ville qui projette son ombre majestueuse derrière elle. Beaucoup ne veulent pas s'arrêter de peur qu'elle leur demande de l'argent. Ceux qui ralentissent le pas n'ont aucune précision à lui fournir. Elle appelle sa grand-mère et son oncle : ils n'ont récolté aucune information digne d'intérêt non plus. Elle se met à sangloter et à marcher au hasard des rues pour chasser le désespoir qui la gagne.

Son portable sonne. En lisant le nom qui s'affiche sur l'écran,

Laura réalise qu'elle n'a pas vu le temps passer. Ses meilleures amies lui ayant proposé de déjeuner avec elles, elle sèche ses larmes et va les rejoindre dans le bar en face de Politech, l'université dans laquelle ces dernières sont étudiantes. Lorsqu'elle arrive, elles sont déjà installées depuis longtemps. Jessica Lerdo, peau mate, cheveux raides et noirs, est la première à lui faire signe bientôt imitée par Isabel Dodsun, teint clair, cheveux châtains et grands yeux noisette. Laura les serre longuement dans ses bras.

— Tu as des nouvelles de tes parents ?

— Aucune, dit Laura en faisant refouler l'émotion qui menace de la submerger, une nouvelle fois.

— On aimerait t'aider, dit Isabel. Dis-nous ce qu'on peut faire.

Hier soir, il a fallu beaucoup de temps à Cintia pour réaliser les affiches de Cristina et Bernardo Mandoza. Elle a dû acheter du papier et du scotch parce qu'il n'y en avait plus puis elle a dû lutter contre l'imprimante de l'association qui enchaînait les bourrages. Au bout du compte, elle y est parvenue et a réussi à en tirer une grosse quantité. Elle profite maintenant de sa pause déjeuner pour rouler à vive allure, car elle est en retard.

Arrivée au point de rendez-vous, elle salue Laura, sa grand-mère et son oncle. La jeune fille lui présente ses deux amies, Isabel et Jessica, qui sont venues les aider. Cintia remarque, avec un pincement au cœur, que Laura fixe les feuilles comportant la photo de ses parents.

— Je vais vous montrer comment il faut procéder.

Cintia se dirige d'une démarche assurée vers la première boutique. Elle sait qu'il est capital d'avoir l'air professionnel, de susciter l'empathie et surtout d'impliquer les commerçants pour qu'ils soient vigilants et appellent s'ils aperçoivent les disparus. Elle entre dans la station-service. Le gérant se montre très compréhensif et accepte l'affichage sans problème.

— Voilà, dit-elle, lorsqu'ils sont tous ressortis. Je vous propose que nous nous répartissions la tâche. Chacun peut les accrocher dans les magasins près de chez lui. Moi, je me charge des boutiques qui sont proches de l'association.

Cintia procède à la distribution de la pile dont elle dispose en commençant par Isabel et Jessica qui souhaitent les diffuser autour de Politech. Gabriel rentre à son domicile pour poser des avis de recherche avec sa compagne Naomi tandis que Laura et Esperanza repartent près de chez elles.

En fin d'après-midi, après avoir collé l'ensemble de leurs affiches, la jeune fille et sa grand-mère se retrouvent dans le bureau de Farian qui leur a donné rendez-vous. Lorsqu'il les voit, il les accueille avec une chaleureuse poignée de main, un immense sourire sur le visage.

— Madame Mandoza, vous allez être contente, l'enquête avance vite.

Le cœur de Laura fait un bond dans sa poitrine, car c'est la première phrase positive qu'elle entend depuis que ses parents ont disparu.

— J'ai de bonnes raisons de penser qu'ils sont dans le sud de l'île.

— Le sud ? Mais, où précisément ?

— À Tortugas Bay.

Esperanza se tourne vers sa petite-fille.

— Avaient-ils parlé d'aller là-bas ?

— Ils en avaient envie, mais ils n'avaient pas fixé de date.

— Mais, Monsieur Farian, vous croyez qu'ils sont partis en vacances ?

Le visage de l'homme se rembrunit.

— Non, ce n'est pas l'hypothèse que je privilégie, dit-il d'un air grave.

Laura retient son souffle.

— En fait, Madame Mandoza, je ne sais pas si vous êtes au courant, mais Tortugas Bay est un passage de choix pour la drogue qui vient d'Amérique latine et qui va ensuite inonder le marché nord-américain. Contre rémunération, on peut piloter un bateau sans poser de questions sur son chargement. On peut même entreposer, pour quelques jours, des colis sans chercher à en connaître le contenu. Finalement, on peut trouver plein de petits arrangements pour financer un changement de vie complet.

Esperanza semble amorphe sur son siège.

— Après, il est nécessaire d'investiguer pour savoir s'ils sont là-bas de leur plein gré ou s'ils y ont été emmenés de force, pour rembourser des dettes, par exemple.

Un silence pesant s'abat soudain dans la pièce.

— Vous croyez qu'ils sont en danger ? demande Laura.

— Je ne peux pas vous le dire. Je dois absolument me rendre sur place pour enquêter.

— Il faudrait le faire au plus vite. Qu'en dis-tu, Laura ?

— Tu as raison, Mamie. Il pourrait leur arriver quelque chose.

— Fort bien, dit Pedro Farian, en sortant deux feuilles de son imprimante. J'ai noté le parcours que j'envisage de suivre à Tortugas Bay pour recueillir des témoignages et des indices. Il y a de l'argent là-bas, donc des soirées, de l'alcool et, bien sûr, de la drogue. J'ai mis en dessous le tarif pour la location d'une voiture, kilométrage illimité, et pour l'hôtel. En quatre jours, je peux trouver des informateurs dans le monde de la nuit. En bas, j'ai inscrit le prix total.

— Quatre cent cinquante dollars ?

Pedro Farian acquiesce.

— Les repas sont inclus. Je reviendrai avec des notes de frais.

Laura voit le menton de sa grand-mère trembler légèrement.

— Mais, je croyais qu'une fois que l'on avait payé la cotisation Familles, tout était compris.

— Bien sûr, d'ailleurs vous remarquerez que je vais là-bas bénévolement. Mais, il faut juste que vous preniez en charge les coûts de transport et d'hébergement. Je ne peux pas les régler puisque je travaille gratuitement.

— C'est logique, murmure Esperanza.

7

DIMANCHE 5 OCTOBRE

Sur les conseils de Cintia, et pour avancer pendant que Farian enquête dans le sud, Laura a décidé d'organiser une battue. Pour mobiliser le plus de monde possible, elle a préparé avec Cintia un message qu'elles ont mis sur les réseaux sociaux, la veille au soir.

Les proches de Bernardo et Cristina Mandoza, disparus depuis le mercredi 1er octobre dans le quartier de Valverde, organisent une battue, le dimanche 5 octobre. Rendez-vous à 9 h sur le parking principal de la Forêt de Colima.

Âgé de 49 ans, Bernardo Mandoza mesure 1m77 et est de corpulence moyenne. Il est châtain aux yeux bleus, porte des lunettes et la barbe. Signes particuliers : nez busqué, oreilles décollées. Il porte une montre de sport avec chronomètre et une alliance.

Âgée de 47 ans, Cristina Mandoza mesure 1m62. Elle est de corpulence moyenne, a des cheveux blond vénitien et des yeux verts. Signes particuliers : Taches de rousseur sur le visage et sur le décolleté. Elle porte une alliance, une montre bicolore dorée et argentée, un pendentif et des boucles d'oreille en perles noires de Tahiti.

Si vous avez des informations permettant de les retrouver, merci de contacter l'ARD de Tiguas. Tous les volontaires sont les bienvenus.

Le point de rencontre a été fixé dans la forêt de Colima, à cinq kilomètres au nord de Tiguas, car plusieurs personnes affirment avoir aperçu, dans cette zone, un homme correspondant à la description du père de Laura. La jeune fille pense que ses parents peuvent se cacher dans ce lieu qu'ils connaissent bien pour échapper à quelqu'un qui les menace.

Arrivée sur le parking, elle a le plaisir de constater que les gens affluent. Cheveux noirs, légèrement ondulés, yeux foncés en amande et tee-shirt blanc faisant ressortir son teint mat, Mateo parle avec d'autres copains de l'école vétérinaire. À côté d'eux, Isabel et Jessica sont également présentes. Laura va les saluer et les remercier d'être là. Puis, elle va à la rencontre des amis et collègues de ses parents pendant qu'Esperanza et Gabriel accueillent les membres de leur famille. Il y a aussi un nombre important de personnes qu'elle n'a jamais vues. Cela lui fait chaud au cœur que tous ces inconnus soient présents pour les soutenir. Certains d'entre eux, armés de grands bâtons et portant chaussures de marche et sacs à dos, sont même venus avec leurs enfants adolescents. C'est le cas des parents d'Isabel qui sont là avec leur fils Manolo. C'est à ce moment que Laura réalise l'émotion qu'a suscitée la disparition de sa famille dans la ville.

Chaussures confortables aux pieds, Cintia, coiffée d'une queue de cheval, s'approche d'elle.

— Bonjour, Laura. Vous avez vu, j'ai fait venir l'équipe de Tiguas News qui est spécialisée dans les faits divers et les affaires criminelles.

La jeune fille se retourne et aperçoit un caméraman et Jane Ortiz, journaliste de la chaîne de télévision régionale.

— Merci beaucoup, Cintia. Je ne sais pas comment vous remercier.

— Vous me remercierez lorsque nous aurons réussi. Pas avant.

Un crépitement se fait entendre, puis la voix d'un bénévole de l'association résonne dans un mégaphone.

— Bonjour à tous. Merci d'être là. Je vous rappelle notre mission de la matinée. Nous devons découvrir et recueillir tout objet susceptible de faire progresser l'enquête. Le principe est d'avancer en triangle en maintenant l'alignement afin de procéder à une fouille systématique de cette partie du bois.

Tout le monde se met en place et la battue débute. Laura reste près du parking avec Cintia tandis que son oncle et sa grand-mère s'éloignent. Une voiture s'approche et se gare. Cintia va à sa rencontre suivie par Laura.

— Je te présente Monsieur Oviedo. Il est garde-forestier et c'est notre spécialiste du pistage. Aujourd'hui, il va intervenir avec Xolo, dit-elle.

Cheveux châtains striés de blanc, chemisette beige et pantalon kaki, l'homme au visage buriné s'avance avec son chien noir tenu en laisse. Laura tend la main pour le caresser tandis qu'elle salue son propriétaire. À peine a-t-elle touché l'animal qu'elle grimace. Au lieu du pelage doux et soyeux auquel elle s'attendait, elle a été en contact avec une peau lisse et chaude. Elle le détaille et remarque qu'il s'agit d'un chien nu du Mexique, un *Xoloitzcuintle*, race dont les spécimens sont entièrement dépourvus de poils.

— Qu'est-ce que le pistage ? demande-t-elle en relevant la tête vers Monsieur Oviedo.

— Lorsqu'un être vivant se déplace dans la nature, il laisse inévitablement des traces. L'art du pistage repose sur la capacité à déceler, interpréter et suivre tous ces indices, même s'ils sont insignifiants aux yeux d'une personne lambda.

Il sort de son sac à dos en toile une carte d'état-major de la région.

— Après une analyse attentive de la topographie, j'ai identifié deux endroits qui sont malheureusement les plus propices à un accident. La première zone est très étendue, c'est celle dans laquelle ils sont partis faire la battue. La seconde est plus escarpée et nécessite de prendre des chemins étroits. Nous allons la parcourir, tous les trois, en file indienne.

Il attrape un objet que Laura n'a jamais vu et un écran de la taille d'un grand téléphone portable qu'il allume.

— Pourriez-vous le tenir en l'air le plus haut possible, s'il vous plaît ? demande-t-il à Cintia.

Elle le saisit et tend les bras vers le ciel. Monsieur Oviedo attend que les chiffres se stabilisent.

— Qu'est-ce que c'est ? dit Laura en s'approchant pour tenter de lire ce qui est inscrit sur l'appareil.

— C'est une station météo. On peut connaître la température, la pression et la pluviosité, mais, surtout, la force et la direction du vent. C'est ce qui m'intéresse, en ce moment. Les odeurs et les bruits peuvent donner une information ou trahir une présence à condition d'avancer face au vent.

Laura est impressionnée par le professionnalisme de ce bénévole.

— Merci beaucoup, Cintia, dit-il en rangeant son matériel. Aujourd'hui, nous allons chercher des traces, soit sur le sol, soit en hauteur. Prévenez-moi si vous remarquez quelque chose qui vous paraît étrange.

Il s'avance vers la forêt, se baisse et ramasse trois morceaux de bois assez longs. Il en remet un à chacune d'elle et conserve le dernier.

— Si vous souhaitez écarter des feuilles, faites-le prudemment avec ce bâton. Il vous permettra d'examiner toute découverte avec précaution sans risquer de détruire une éventuelle preuve.

— Votre chien va-t-il nous aider ? demande Laura.

— Oui, il a un flair hors du commun.

Ils commencent leur marche, Xolo en tête. La forêt est

bruyante : les cris des singes se mêlent aux chants des oiseaux et aux stridulations des insectes. Les yeux rivés sur le sol, Monsieur Oviedo relève parfois le regard pour inspecter des troncs d'arbres ou des rochers. Il s'arrête à un moment donné, quitte le chemin et se dirige vers la gauche. Laura le suit sans comprendre ce qui a attiré son attention. Lorsqu'il s'accroupit, elle remarque un paquet de cigarettes. L'homme l'examine, puis le retourne, à l'aide de son bâton.

— Vous pensez que ça peut être important ? demande Cintia lorsqu'il se redresse.

— Non, il présente beaucoup de traces de décoloration. Il est donc là depuis plusieurs semaines voire plusieurs mois.

Ils poursuivent leur chemin en silence. Soudain, Monsieur Oviedo s'immobilise. Il regarde à droite et à gauche en tendant l'oreille. Puis, il retire de son sac à dos une espèce de pistolet relié à des écouteurs, ainsi qu'une petite parabole qu'il fixe au bout de l'engin. Pour la deuxième fois de la journée, Laura se trouve face à un objet dont elle ignore totalement le nom et la fonction. L'homme regarde maintenant dans le viseur de l'instrument. Elle préférerait qu'il parle spontanément pour ne pas avoir à lui avouer son incompétence, mais il ne le fait pas, vraisemblablement convaincu de la banalité de ce qu'il transporte.

— Qu'est-ce que c'est ?

— C'est un amplificateur de sons avec une longue vue. Normalement, c'est fait pour observer les oiseaux, mais ça fonctionne aussi très bien pour espionner. J'entends quelque chose et j'aimerais vérifier ce dont il s'agit.

En se concentrant, Laura et Cintia perçoivent un bruissement difficilement audible. Monsieur Oviedo a trouvé ce qu'il cherchait, l'examine, puis abaisse l'instrument. À l'expression de son visage, Laura réalise que ce n'est pas ce qu'il espérait.

— C'est un sac plastique qui est coincé dans les branches de cet arbre là-bas. Il doit y être depuis des lustres, car il est très abîmé.

Ils reprennent leur progression. À intervalles réguliers, Monsieur Oviedo se baisse pour observer une empreinte, des cailloux ou des branches cassées.

Il fait maintenant extrêmement chaud et humide et Monsieur Oviedo décide de faire une courte pause pour donner à boire à son chien. Ils font tous de même en prenant leur gourde. Laura envoie un message à son oncle : « Avez-vous trouvé quelque chose ? ». Il répond presque aussitôt : « Pas encore. Et vous ? ». Elle soupire et tape « Nous non plus ». Après les trois témoignages différents indiquant que son père avait été repéré dans cette forêt, Laura attendait énormément de cette matinée. Trop, peut-être. Elle essaie de ne pas se décourager.

— Venez, il y a une clairière et une petite rivière en contrebas. On va aller voir, dit Monsieur Oviedo.

Arrivé dans la clairière, il se fige sur place et examine tout son environnement.

— Il y a beaucoup de traces, ici.

Laura et Cintia se rapprochent de lui. Il attache Xolo à un arbre pour éviter qu'il remue la moindre pierre, puis il revient vers elles et s'agenouille.

— Ces traces sont anciennes, dit-il après les avoir longuement analysées. Le vent a eu le temps de déposer beaucoup de débris dessus. Venez, on va aller voir près de l'eau.

Ils s'avancent puis s'arrêtent. Le garde-forestier regarde le sol, se baisse et se déplace à plusieurs reprises.

— Quand on change d'angle, on voit mieux avec la lumière rasante du soleil, ça accroît les contrastes.

Laura essaie de plisser les yeux pour repérer des indices.

— Vous avez vu ? dit-il.

— Quoi ?

— Les taches et le relief sur le sol.

— Oui. Et alors ?

— On remarque que la terre a été remuée récemment, car elle

présente une couleur foncée et son volume a augmenté. Je pense que l'on a enfoui quelque chose à cet endroit-là.

— Oh, mon Dieu, murmure Laura.

Voyant qu'elle imagine le pire, Cintia s'approche d'elle.

— Ça va ? Tu es toute pâle ? Assieds-toi et mange quelque chose.

Monsieur Oviedo poursuit ses observations pendant que Laura grignote le biscuit que vient de lui donner Cintia.

— Voulez-vous que je regarde ce qui a été enterré ? dit-il lorsqu'elle a terminé.

— Euh, je ne sais pas. J'ai peur d'avoir une mauvaise surprise.

— C'est sûr, dit Cintia en s'asseyant à côté d'elle. Mais, je pense que si tu es ici aujourd'hui, c'est pour avoir des réponses.

— D'accord, dit Laura après avoir hésité.

Monsieur Oviedo sort de son sac à dos une balayette et une petite pelle. Il commence par retirer la terre, doucement pour être certain de ne rien abîmer. Puis, il se dirige vers les autres endroits où le sol est plus foncé et procède de la même façon. Il analyse ensuite le terrain alentour. Cintia et Laura l'observent avec attention.

— Ce sont des restes de feux de camp qui ont été enfouis pour ne pas laisser de traces, dit-il en revenant vers elles.

— C'est rare que des amateurs de camping sauvage soient aussi respectueux de la nature, dit Cintia.

— J'ai analysé les marques de pas que l'on trouve autour et c'est toujours la même semelle. Ce sont des chaussures de randonnée et vu la taille, je dirai que c'est une pointure d'homme. Il y a donc un individu qui campe ici, régulièrement. Et c'est très récent, car j'ai repéré des traces toutes fraîches et des branchages qui viennent juste d'être coupés.

Laura se lève brusquement. Finalement, les témoins avaient raison : son père est dans cette forêt. Mais, que fait-il là ? Pourquoi se cache-t-il ? Qui cherche-t-il à fuir ? Où est sa mère ? Il faut absolument qu'elle le retrouve pour lui poser toutes ces questions.

— Pensez-vous qu'on peut le localiser ? demande-t-elle.

— Oui, Xolo va suivre sa trace. L'homme doit se servir de la rivière pour se laver et pour boire, il doit donc être installé à proximité.

Le cœur de Laura bondit dans sa poitrine. C'est la première fois qu'il y a une avancée dans ses recherches. Le garde-chasse se dirige vers l'arbre auquel était attaché son chien, le détache et revient vers elles. L'animal semble très heureux de ne plus être mis de côté.

— Nous allons nous déplacer en file indienne et surtout garder le silence. S'il nous entendait, l'individu pourrait être tenté de se cacher ou de s'enfuir.

Les deux jeunes femmes acquiescent. Laura n'arrive pas à calmer son cœur qui bat la chamade. Monsieur Oviedo fait renifler à Xolo le foyer puis les traces de pas les plus récentes. Lorsqu'il a terminé, le chien s'avance dans la jungle. Il tire sur son harnais et sur la laisse, chose qu'il ne faisait pas auparavant. A-t-il vraiment repéré une piste ? À intervalles réguliers, Monsieur Oviedo s'arrête. Cette fois, Laura remarque qu'il y a beaucoup de branches coupées comme si quelqu'un avait voulu créer un nouveau chemin au milieu de la végétation. Ils continuent leur progression. Lorsqu'ils voient l'entrée d'une grotte, la respiration de la jeune fille se fait plus rapide. Monsieur Oviedo se tourne vers les deux jeunes femmes pour leur rappeler d'un geste de garder un silence total.

Pourvu qu'il soit vivant et en bonne santé ainsi que Maman se dit Laura en pénétrant dans la caverne. Ses yeux ont du mal à s'habituer à l'obscurité. Xolo se met à aboyer. Laura devine une ombre qui se lève et part en courant. Monsieur Oviedo détache son chien qui s'élance à la poursuite de la silhouette suivi par son maître et Cintia. Laura se rue vers le fond de la caverne qui s'ouvre sur la jungle. L'homme, brun, de taille moyenne est maintenant visible.

— Papa, attends !

Il est soudain caché par la végétation luxuriante et Laura a peur de perdre sa trace. Elle accélère puis s'arrête, ne sachant plus dans quelle direction aller. Heureusement, Xolo aboie de façon répétée. Ils se précipitent tous les trois dans la direction indiquée par le chien. L'homme, debout sur la branche basse d'un petit arbre pour échapper au chien, tourne le dos à Laura.

— Ne t'inquiète pas, Papa, je suis là, lui dit-elle en s'approchant lentement.

Il se retourne et elle lâche un cri en découvrant un homme barbu d'une trentaine d'années.

— Pourquoi votre chien veut-il m'attaquer, je n'ai rien fait de mal, dit-il.

— C'est vous qui vivez ici ? demande-t-elle.

— Oui.

— Ça fait longtemps ?

— Un mois.

— Que faites-vous là ?

— Je suis un néo survivaliste. J'en avais assez de passer mon temps à travailler et à consommer alors j'ai décidé de quitter le système et de vivre de façon autonome en chassant et en pêchant.

8

LUNDI 6 OCTOBRE

En ce lundi matin, Laura assiste à un cours d'anatomie qui se focalise sur le système respiratoire des mammifères, mais elle a énormément de mal à suivre, car ses pensées sont ailleurs. Elle est dépitée que l'homme qu'ils ont retrouvé, la veille, dans la jungle, ne soit pas son père. Elle est déçue que les objets ramassés, lors de la battue, ne permettent pas de faire progresser les recherches et elle ne comprend pas que la voiture de ses parents n'ait toujours pas été localisée. Cela fait cinq jours qu'elle est sans nouvelles d'eux et elle a de plus en plus de mal à chasser la question qui revient sans cesse dans son esprit. Et si elle ne les revoyait jamais ? Les larmes lui piquent les yeux et elle bat des paupières pour les faire refluer.

En sortant de cours, Mateo lui propose d'aller manger à l'extérieur. Il a dû remarquer qu'elle a les traits tirés par ses nombreuses nuits d'insomnies et que leurs camarades de classe chuchotent sur son passage, excités de connaître quelqu'un à qui il arrive quelque chose de grave, mais qu'ils sont incapables de la soutenir ou de l'aider. Mateo lui dit que dehors, elle sera tranquille et qu'ils pourront parler plus librement. Laura accepte, car elle a un peu de temps avant d'aller rejoindre son poste de vendeuse à temps partiel dans un magasin de décoration. Ils s'installent à la terrasse d'un petit café et passent la commande.

— Quelle est la prochaine étape dans vos recherches ?

— Pedro Farian est parti, hier, dans le sud de l'île. Je l'ai appelé, mais, pour l'instant, il n'a aucune piste concrète.

— C'est normal. Ça fait trop peu de temps.

— Je sais, mais cette attente est insupportable.

— Pourquoi ne l'aiderais-tu pas ? À ta place, j'irais enquêter avec lui pour accélérer les recherches. Soit tu retrouves tes parents, tout de suite, et c'est parfait. Soit tu abandonnes cette hypothèse et tu te concentres sur une autre, au plus vite.

La jeune fille réfléchit à ce que Mateo vient de lui dire.

— Tu as raison. Je vais proposer à ma grand-mère et à mon oncle de m'accompagner.

Elle les appelle sans plus attendre. Elle apprécie la sollicitude de Mateo qui se met à consulter son téléphone portable pour ne pas avoir l'air d'écouter la conversation. Elle raccroche au bout de quelques minutes.

— Ma grand-mère pense qu'il vaut mieux que l'un de nous reste ici, au cas où il y aurait du nouveau.

— Elle a raison, c'est plus prudent. Et ton oncle ?

— Il va poser des congés et m'accompagner. Merci pour tes conseils et ta présence, Mateo.

— Je suis content de pouvoir t'aider, dit-il en posant sa main sur celle de Laura.

Depuis qu'elle fait du bénévolat dans une association de recherche de disparus, Cintia est extrêmement touchée par la détresse des familles qui lui rappelle la sienne. Elle a été bouleversée, hier, par le visage de Laura lorsque celle-ci s'est aperçue que l'homme qui vivait dans la jungle n'était pas son père. Elle a lu dans le regard de la jeune fille une souffrance immense qu'elle aurait aimé pouvoir apaiser.

Pour éviter de broyer du noir, Cintia met de la musique pendant qu'elle fait du rangement et un peu de ménage pour que son salon soit impeccable. Lorsqu'on sonne à la porte, tout est prêt et elle va ouvrir à Natalia qui vient l'aider à s'inscrire sur un site de rencontres. Cette dernière est habillée en noir, ce qui fait ressortir ses mèches rouges. Cela lui va bien, mais Cintia n'est pas assez excentrique pour changer de couleur de cheveux de façon aussi radicale. Elle fait entrer son amie dans son petit deux-pièces et lui sert de l'eau de tamarin, sa boisson préférée.

— Tu l'as très bien préparée, dit Natalia en dégustant la boisson couleur caramel. Alors, tu es prête ?

— Euh… Je ne risque pas de tomber sur un pervers qui va essayer de me violer ? dit Cintia alors qu'elles s'installent au salon.

— Mais, non. De toute façon, au début, tu ne retrouves les mecs que dans des endroits publics. Comme ça, il y a du monde et tu ne crains rien. Tu ne les vois, chez toi ou chez eux, que s'ils ont l'air sains d'esprit.

— Tu penses qu'ils veulent des relations sérieuses ?

— Ça dépend des sites de rencontres. Il y a ceux pour s'amuser et ceux pour se marier. À partir du moment où tu choisis les seconds, tu devrais trouver ce que tu recherches.

Cintia est dubitative.

— On essaie ? dit Natalia.

— D'accord.

— Je pense que tu devrais t'inscrire sur CostanMariages, c'est le meilleur du pays.

— Comment le sais-tu ?

— C'est là que j'ai rencontré mon copain et tu vois, ça dure depuis deux ans.

Natalia a ouvert la page du site.

— Je te conseille d'adhérer à CostanMariagesPlus. C'est leur application payante. Elle est plus détaillée et tu auras des hommes vraiment motivés. D'abord, on va faire de jolies photos de toi. Viens, on va choisir ta tenue.

Comme deux gamines devant une malle de déguisements, elles sortent toutes les affaires de Cintia. Elles finissent par dénicher une robe qui correspond à ce que voulait Natalia : classe, sexy, mais pas vulgaire. Puis, Natalia demande à Cintia de retourner au salon. Elle approche les plantes du canapé en tissu bleu, retire les coussins qu'elle trouve d'un jaune trop criard et les remplace par ceux de la chambre qui sont beiges.

— C'est prêt, tu peux t'installer.

Natalia prend plusieurs photos de son amie assise, en pied, puis accoudée à son petit balcon. Elle fait ensuite des portraits en jouant avec le soleil. Au gré de ses envies, Cintia change de posture, d'expression et rejette la tête en arrière plusieurs fois pour donner à ses cheveux un aspect plus sauvage. Une fois qu'elles ont terminé, elles sélectionnent le cliché le plus réussi pour chacune des séries.

— Qu'as-tu choisi comme pseudo ?

— Je n'y ai pas du tout réfléchi. Tu peux mettre mon prénom, tout simplement.

Natalia pianote sur son téléphone.

— C'est déjà pris.

— Essaie avec mon âge : Cintia28.

— Il est également pris. Tu n'as pas un diminutif ?

— Cinty.

— Ça ne convient pas non plus. Tu n'as pas quelque chose de plus original ?

— Comme j'adorais faire des gâteaux, au collège, on m'appelait Cookie.

— C'est très bien ça. On va essayer Cookie28. Super, ça marche ! On va compléter ton profil, maintenant. Quelles sont tes qualités ?

— Je suis féminine, douce et sentimentale.

— Et celles que tu recherches chez un homme ?

— Équilibré, sportif et volontaire.

— Et comme type de relation ?

— Une relation saine et stable.

— D'accord. Ensuite, il faut rédiger une phrase d'accroche.

— C'est long, dis donc. Euh… voyons… On pourrait mettre « Femme douce cherche homme équilibré pour relation stable », dit Cintia.

— On l'a déjà précisé. Il faudrait quelque chose d'un peu différent.

Les deux amies se lancent alors dans une recherche effrénée.

— Sirène cherche marin pour construire un port d'attache, tente Natalia.

— Coiffeuse cherche coiffeur pour avoir plein de petits salons ! rigole Cintia.

— Femme désespérée cherche bonne poire pour lui mettre le fil à la patte !

Chacune de leur suggestion les fait rire de bon cœur.

— Ça y est, je crois que j'ai trouvé, dit Natalia. On pourrait mettre « Petit oiseau sentimental cherche compagnon de route pour construire son nid ».

Le visage de Cintia s'illumine.

— Tu es sacrément poète, Nat.

— Merci, dit son amie en rosissant légèrement. Sinon, qu'est-ce que tu aimes ?

— Le sport, les animaux et danser.

— Ça y est, ton profil est complet. Maintenant, il n'y a plus qu'à entrer tes critères. Qu'est-ce que tu recherches ?

— Un homme entre trente et quarante-cinq ans, un mètre soixante-quinze minimum. De préférence, célibataire sans enfant.

Natalia saisit les desiderata et les renseignements indiqués par son amie, ainsi que son adresse mail. Elle lui laisse ensuite fournir ses coordonnées bancaires.

— Et voilà ! Maintenant, tu peux voir les profils de ceux qui correspondent. Si vous vous plaisez mutuellement, vous pourrez échanger des messages puis vous rencontrer.

— On peut essayer, tout de suite ? dit Cintia.

— Bien sûr.

— Je me demande bien ce qu'on va trouver, dit-elle en cliquant après avoir hésité un instant. Il y en a qui ne se sont pas fatigués pour les pseudos. Il y a Bob123 et Ted365. Voyons les photos.

Cintia regarde l'allure générale de chacun et surtout les traits de son visage puis fait glisser les profils à droite ou à gauche selon que les clichés lui plaisent ou pas. Les deux copines piquent de nouveaux fous rires en détaillant les tenues vestimentaires négligées ou ringardes de certains, en découvrant des cheveux gras ou des coiffures particulièrement peu seyantes.

— Il y en a quelques-uns qui auraient besoin d'un sacré relooking, glousse Natalia.

Le téléphone de Cintia bipe.

— Waouh, tu as déjà un message. Montre, dit Natalia.

Cintia consulte son portable puis le retourne vers son amie.

— Il a mis : « Slt, sa va », dit-elle.

— C'est tout ? Il ne s'est pas foulé !

— Non. En plus, il ne sait pas écrire. Allez, hop, Raf1001, tu pars à la poubelle !

— Tu es sûre ?

— Oui.

— Eh ben, tu n'es pas prête de trouver un mec !

9

MARDI 7 OCTOBRE

Après quatre heures de route, Laura et son oncle arrivent à Tortugas Bay, en début d'après-midi, et s'enregistrent dans le même hôtel que Farian. L'air est encore plus chaud et humide qu'à Tiguas. Le détective, vêtu d'un pantalon blanc et d'une chemisette hawaïenne, les retrouve pour une réunion improvisée sur la vaste terrasse. Sa mine radieuse et bronzée énerve Laura qui lui trouve davantage l'allure de quelqu'un qui prend des vacances à ses frais que d'un homme qui s'épuise à la tâche.

Ils s'installent dans des fauteuils particulièrement moelleux. Sur sa droite, Laura aperçoit la piscine, tâche bleu clair entourée de transats en bois dont le matelas beige est assorti aux parasols. Autour du bassin, un jardin luxuriant descend en pente douce vers une plage de sable blanc où des paillotes apportent de l'ombre aux touristes alanguis. Une serveuse dépose devant Laura et Gabriel un cocktail de bienvenue multicolore dans un verre surmonté d'une ombrelle en papier.

— Ça me fait plaisir que vous soyez venus, dit Farian.

— Était-il absolument nécessaire de choisir un hôtel aussi luxueux ? demande Laura.

— Vous savez, pour avoir des contacts dans le milieu de la nuit ou avec des consommateurs de drogue, ça se passe là où les gens ont de l'argent.

— Admettons. Avez-vous du nouveau ?

— Oui, je dois rencontrer une femme, ce soir. Je vous tiendrai au courant.

— Une femme ? dit Laura d'un air suspicieux. Pouvons-nous la voir avec vous ?

— Si vous voulez. Je la retrouve à minuit au Costan Folies.

En attendant leur rendez-vous du soir, Laura, Gabriel et Farian passent l'après-midi à interroger des habitants et des commerçants, mais personne n'a vu ni Bernardo ni Cristina Mandoza. Ils ont également collé des avis de recherches sur les vitrines des magasins. Tout en marchant, Laura scrute toutes les personnes qu'elle croise et plusieurs se sentent mal à l'aise que la jeune fille les dévisage de la sorte. En fin de journée, elle a les pieds gonflés et un coup de soleil lui chauffe le front, le nez et les épaules. Ils s'asseyent, tous les trois, quelques instants pour manger sur le pouce puis Laura et Gabriel reprennent leur travail d'observation en longeant les terrasses des restaurants situés dans le cœur de la station balnéaire tandis que Farian part faire de même dans les établissements excentrés.

Un peu après vingt-trois heures trente, la jeune fille et son oncle se garent devant le Costan Folies.

— Nous avons rendez-vous dans une boîte ? J'ai l'impression qu'il se moque de nous.

— Il a peut-être vraiment une piste.

— Je l'espère, car, pour l'instant, nous n'avons recueilli aucune information fiable.

À l'intérieur, il y a déjà beaucoup de monde et des Costaniens, des Mexicains et des Américains dansent dans une atmosphère étouffante. En chemisette blanche à manches courtes, rasé de près, Pedro Farian boit un verre en galante compagnie.

— Il drague ou quoi ? grommelle Laura qui a de plus en plus de doutes sur les méthodes du détective.

— Viens, on va aller voir ça de plus près, lui répond son oncle.

Ils s'approchent.

— Vous êtes déjà là ? dit Farian, manifestement embarrassé de les apercevoir si tôt.

— Nous voulions être sûrs de ne rien rater de la soirée, dit Laura en regardant de travers la femme et son décolleté plongeant.

Farian s'empresse de faire les présentations. Sentant sa nièce prête à être extrêmement désagréable, Gabriel décide de prendre la parole avant elle.

— C'est donc vous qui avez des informations sur Cristina et Bernardo Mandoza ?

— Non, dit la femme. C'est un ami. Il va arriver un peu plus tard. C'est pour ça que j'ai proposé à Pedro de venir ici.

Pedro ! L'usage du prénom tout seul agace Laura qui se tasse sur la banquette. Après un long moment durant lequel Gabriel a essayé en vain de détendre l'atmosphère, la femme à côté de Farian aperçoit enfin celui qu'ils attendent tous. Elle lui fait signe et un jeune homme, grand et mince, s'approche.

— Salut, ça va ?

— Ouais.

— Je te présente Pedro Farian.

— Salut.

— Quand on s'est vus, il y a deux jours, tu m'as parlé d'un couple qui vend de la drogue, depuis peu.

— Oui, leur came est de bonne qualité et pas trop chère. Tu m'as balancé aux flics ou quoi ? demande l'homme en lançant un regard soupçonneux à Gabriel, Laura et Farian.

— Mais, non. Pedro est détective privé. Il enquête pour le compte de Laura qui recherche ses parents. Pourrais-tu nous en dire plus sur ce couple ?

— Ils dealent du shit et…

— Comment sont-ils physiquement ? le coupe Laura.

— La femme a des taches de rousseur et les cheveux aux épaules et le mari est brun. Il a de la barbe et des lunettes.

Une lueur se met à briller dans les yeux de la jeune fille.

— Ils sont Costaniens ?

— Oui. À leur façon de parler, je dirais qu'ils viennent de Temaco City ou de Tiguas.

— À votre avis, quel âge ont-ils ?

— La quarantaine.

Elle adresse un regard plein d'espoir à son oncle.

— Où pouvons-nous les rencontrer ?

— Les clients prennent contact avec eux par téléphone et ils leur fixent un point de rendez-vous dans la ville. Ils sont là depuis peu de temps, mais ça fonctionne très bien.

L'homme leur communique les numéros et s'en va danser, ravi d'en avoir fini avec leurs questions. Les regards noirs que Laura lance à la voisine de Farian finissent par la pousser à s'éloigner également.

— Comme vous pouvez le constater, c'est une piste sérieuse, dit le détective.

— On ne sait pas encore si c'est eux, tempère Gabriel qui ne veut pas que sa nièce soit déçue, une fois de plus. La description correspond, mais elle est assez sommaire.

— Je vous propose de les contacter tous les deux et de leur donner rendez-vous pour vérifier leur identité. Qu'en dites-vous ?

— Je suis d'accord, dit Gabriel. Et toi, Laura ?

Elle approuve, mais Farian ne bouge pas.

— Qu'attendez-vous pour appeler ? demande-t-elle en réalisant que Farian la dévisage.

— On en prend combien ?

— De quoi ?

— Combien de grammes de shit ! Vous avez entendu, ils ne se déplacent que pour approvisionner leurs clients.

— Ce n'est sûrement pas légal.

— Ne vous inquiétez pas, les consommateurs ne sont pas poursuivis.

— Que suggérez-vous ?

— Il faut que ce soit une grosse commande pour que ça les intéresse.

Laura jette un regard interrogateur à Gabriel qui accepte.

Une demi-heure plus tard, ils se retrouvent dehors. Farian attend sur le trottoir à l'adresse convenue tandis que Laura et son oncle sont assis, un peu à l'écart, dans la voiture de Gabriel.

— Ne t'inquiète pas, ça va bien se passer, dit-il pour rompre le silence pesant qui s'est installé dans l'habitacle.

— Qu'est-ce que je vais leur dire ?

— Tu t'adapteras en fonction de leur attitude. Ce qui est sûr, c'est qu'il faudra que tu essaies de comprendre leur démarche.

— Ils ne vont pas s'enfuir en m'apercevant ?

— Je ne pense pas, mais, au moins, tu verras qu'ils sont vivants et en bonne santé.

Nouveau silence.

— Laura, tu dois te préparer au fait que ce ne sera peut-être pas eux.

— Je sais.

— Si ça doit arriver, nous serons allés au bout de cette piste. Nous pourrons ensuite nous concentrer sur d'autres possibilités.

— Tu as raison. Merci d'être là, Gabriel. Je…

— Regarde, quelqu'un vient.

Laura attrape les jumelles que Farian leur a laissées. Une femme marche dans leur direction. Elle est trop loin pour que la jeune fille puisse distinguer ses traits. Elle détaille son style vestimentaire et étudie sa silhouette, sa démarche et sa posture. Sa chevelure cache en partie son visage. Elle arrive à la hauteur de

Farian et celui-ci reste bien de dos pour que la femme soit face à Laura. Il lui parle pour la forcer à relever la tête. Elle met ses cheveux derrière ses oreilles et Laura peut enfin la découvrir. Puis, la femme repart et la jeune fille repose les jumelles sur ses genoux.

— Ce n'est pas elle, dit-elle d'une voix presque inaudible.

— L'homme sera peut-être ton père, dit Gabriel.

Elle acquiesce et détourne les yeux vers la fenêtre pour cacher sa déception. Une nouvelle fois, le silence s'installe dans la voiture. Gabriel n'ose pas le troubler pour laisser à sa nièce le temps d'accepter la situation. En attendant le rendez-vous suivant, Farian fume en faisant les cent pas sur le trottoir.

Quelques minutes plus tard, une silhouette masculine s'approche de lui. Laura reprend les jumelles. L'homme marche tête baissée et a mis une casquette. Elle a beaucoup de mal à distinguer les traits de son visage. Elle voit juste qu'il a une barbe et des lunettes. Lorsqu'il s'arrête, il fait face à Farian qui entreprend de lui parler. Laura le regarde attentivement.

— Ce n'est pas lui, dit-elle en éclatant en sanglots dans les bras de son oncle.

10

MERCREDI 8 OCTOBRE

MATIN

À la suite à son inscription sur le site de rencontres CostanMariages, Cintia a reçu plusieurs messages. Chaque fois, elle regarde avec attention les photos et notamment les portraits. Elle élimine sans pitié ceux qui lui paraissent âgés, moches, bizarres, pressés ou lubriques. À la fin, il ne reste plus grand monde ! Les deux seuls profils qui lui plaisent sont Geek-ALunettes et AventurierSolitaire. Le premier a trente-huit ans et il est concepteur de jeux vidéo. Il est bien physiquement, paraît sympathique, mais un peu coincé. Justement au moment où elle pense à lui, voilà qu'elle reçoit une notification de sa part.

— Cuisinière ou informaticienne ?

Elle trouve la question étrange.

— Ni l'un ni l'autre. Pourquoi ?

— Étant donné que ton pseudo est Cookie28, je me demandais si tu étais une pro des gâteaux ou une spécialiste des fichiers informatiques espions.

— Haha… Je suis bonne pâtissière !

— Miam-miam, j'ai hâte de tester… Est-ce ton métier ?

Elle sourit, mais hésite à poursuivre la conversation. Elle décide de laisser en suspens le message de GeekALunettes pour répondre à celui d'AventurierSolitaire, quarante-trois ans, qui a une classe folle et qu'elle trouve très beau.

— Je suis graphiste free-lance. Où habites-tu ? demande-t-il.

— À Tiguas.

— Moi aussi. As-tu toujours vécu, ici ?

— Non, j'ai habité à Mexico pendant longtemps, écrit-elle. Mes parents sont mexicains et ils vivent là-bas.

— Le Mexique est, paraît-il, un pays magnifique. J'espère que tu pourras me le faire découvrir, un de ces jours.

— Très volontiers, répond-elle, flattée qu'AventurierSolitaire envisage déjà de partir en voyage avec elle.

La piste étudiée par Farian n'ayant rien donné, Gabriel a décidé d'interrompre son séjour à Tortugas Bay. Il roule donc, depuis le début de la matinée, en direction de Tiguas. À côté de lui, sa nièce qui n'a pas dit un mot depuis leur départ regarde par la fenêtre.

— On a bien fait d'aller dans le sud, dit-il. C'était important de participer aux recherches.

— Oui, mais on n'a pas avancé.

— Si, on peut maintenant écarter cette hypothèse.

— Oui, mais on n'en a pas d'autres.

Gabriel réfléchit un instant.

— On pourrait peut-être envoyer Farian à Temaco City pour qu'il exploite les témoignages que l'on a reçus. Je lui fais une confiance limitée, mais, pour l'instant, nous n'avons pas d'autre solution que de collaborer avec lui pour investiguer.

Laura appelle le détective pour l'informer de leur décision et lui demander de quitter Tortugas Bay pour se diriger vers la capitale. Elle raccroche, rassérénée d'explorer une nouvelle voie.

— Et du côté de Cintia, quelle pourrait être la prochaine étape ?

— Avant la battue, Monsieur Oviedo m'a parlé de « mantrailing ».

— Qu'est-ce que c'est ?

— C'est une discipline qui vient des États-Unis et qui consiste à suivre la trace d'une personne. Il pense que Xolo pourrait peut-être trouver une piste en partant de la maison de mes parents. Au début, j'étais dubitative, mais j'ai vraiment été impressionnée par le flair de son chien dans la forêt.

— C'est une bonne idée. Essaie de prendre rendez-vous au plus vite.

La jeune fille téléphone puis raccroche avec un sourire.

— Il est disponible, cet après-midi.

— Il faut que j'aille bosser, je ne pourrai donc pas être là, mais tu me raconteras comment ça s'est passé.

Après un déjeuner rapide, Gabriel a déposé sa nièce devant chez ses parents. Accompagnée de sa grand-mère, Laura attend, à présent, Monsieur Oviedo. À côté d'elle, Esperanza, les joues creusées, flotte dans ses vêtements.

À l'heure dite, le garde-forestier arrive, les salue puis, après quelques banalités, il sort Xolo de sa voiture. Celui-ci se souvient de Laura et il s'approche d'elle, en remuant la queue. Cette fois, Laura lui caresse longuement la tête et le dos. Le contact lui semble toujours étrange, mais elle continue pour faire plaisir à Xolo qui adore qu'on lui gratte le cou. Monsieur Oviedo retire le collier de son chien et lui met un harnais.

— Pourquoi ne garde-t-il pas son collier ?

— Quand il a le harnais, il sait qu'il va travailler et qu'il doit être attentif. Avez-vous ce que je vous ai demandé ?

Elle lui tend un sachet de congélation hermétique contenant l'écharpe qu'elle a offerte à sa mère, à Noël dernier. L'homme jubile.

— Parfait, c'est un vrai concentré d'odeur.

Il s'approche du mur de la maison avec Xolo.

— Il faut le mettre face à un obstacle sinon il a tendance à partir tout droit.

Il ouvre le plastique. L'animal plonge brièvement sa truffe dedans puis relève la tête.

— Déjà ? s'étonne Esperanza. C'était très rapide.

— Oui, mais c'est suffisant pour lui.

Xolo, en laisse longue, décrit un grand cercle.

— Il analyse la situation. Maintenant, il ne va suivre que cette odeur, dit Monsieur Oviedo, ravi de montrer les compétences de son chien.

Ce dernier longe la maison et se plante devant le garage. Laura actionne la porte électrique et Xolo entre.

— Il signale ici alors qu'il n'a rien senti dehors. Je pencherais pour un départ en voiture.

Laura et sa grand-mère sont surprises que Xolo ait décelé un tel indice. L'animal se dirige, à présent, vers la porte de la maison que la jeune fille s'empresse d'ouvrir. Il s'avance, monte à l'étage et entre dans la chambre de ses parents. Il s'arrête devant l'armoire de sa mère.

— C'est bien, dit son maître en le caressant. Le lieu où l'odeur est la plus présente est logiquement sur les vêtements dans la penderie.

Le chien redescend au rez-de-chaussée. Il n'entre pas dans la cuisine, mais se dirige directement vers le salon. Il s'attarde sur un endroit précis du sol, au pied de la table basse.

— Votre mère a dû s'asseoir, ici, dit le maître.

Truffe collée au carrelage, Xolo avance vers le fond de la pièce. Il se précipite vers le sofa et essaie de glisser sa tête dessous. Laura et sa grand-mère s'approchent pour voir ce qui a attiré son attention. La jeune fille s'agenouille et soulève la housse du canapé. Elle aperçoit une ombre noire, tend le bras et l'attrape.

— Qu'est-ce que c'est ? demande Esperanza qui a perçu son trouble.

— Le sac de Maman.

Laura le retourne pour en examiner le contenu.

— Il y a tout dedans. Ses lunettes, sa pièce d'identité et même son portefeuille avec sa carte bleue.

Les lèvres d'Esperanza ont perdu toute leur couleur. Monsieur Oviedo qui donnait une friandise à Xolo pour le récompenser regarde maintenant les deux femmes avec la tête légèrement penchée sur le côté.

— Je pense que vous devriez appeler la Police.

11

MERCREDI 8 OCTOBRE

APRÈS-MIDI

Alors que sa grand-mère est partie à un rendez-vous médical, Laura accueille Paul Demota et la policière qui partage son bureau.

— Je vous présente ma collègue Elsa Tarias qui est élève officier.

Peau mate et cheveux frisés tressés en queue de cheval, la jeune femme est à la fois féminine et musclée. Sur sa manche droite est cousu l'écusson rond de la Police Costanienne sur lequel des branches de laurier, symbole de victoire, entourent la devise « Protéger et Servir » et le drapeau de l'île. Laura leur décrit ce qui vient de se passer. Les deux fonctionnaires s'avancent et observent attentivement autour d'eux.

— Pouvons-nous faire le tour de la maison ?

— Bien sûr, dit Laura en leur emboîtant discrètement le pas pour ne pas les gêner dans leurs investigations.

Ils pénètrent dans le salon.

— Est-ce le sac de votre mère ? demande Elsa.

— Oui, il ne manque que son téléphone portable.

La jeune femme en examine le contenu.

— Bien. Continuons.

Ils montent à l'étage, entrent dans toutes les pièces, redescendent et vont dans le jardin dont ils font le tour à la recherche d'empreintes ou d'indices. Puis, ils se rendent dans le garage dont Laura ouvre la porte électrique. Intrigués, les voisins d'en face sortent de chez eux et traversent la rue.

— Toujours aucune nouvelle ? demande John Ramos.

— Malheureusement, non, lui répond Laura en s'approchant.

La jeune fille sait que sa grand-mère est allée les voir au moment de la disparition de ses parents. Elle leur explique maintenant pourquoi la Police est là.

— Je suis vraiment navrée, dit Susan Ramos.

Paul Demota va à leur rencontre et se présente.

— Avez-vous remarqué quelque chose d'inhabituel dans la journée du 1er octobre ? leur demande-t-il.

— Non, répond John Ramos.

— Avez-vous un système de vidéosurveillance ?

— Euh, oui. Vous pouvez visionner les enregistrements, si vous le souhaitez.

Si Laura l'avait su, elle serait venue plus tôt. Ils traversent et suivent Madame Ramos au salon. Son mari les a précédés et a déjà allumé la télévision.

— Mettez en accéléré à partir du 30 septembre à dix-huit heures, s'il vous plaît, demande le capitaine.

Les yeux rivés sur l'écran, Laura voit les images de la caméra donnant sur la rue, à l'avant de la maison des Ramos. Elle constate avec surprise que dans l'angle supérieur gauche, la porte d'entrée et le garage de ses parents sont visibles. Elle va enfin découvrir ce qui est arrivé, moment qu'elle attend depuis plusieurs jours. Lorsque Laura aperçoit sa mère rentrer à dix-neuf heures puis son père, peu avant vingt heures, son cœur accélère. Cela lui fait à la fois mal et plaisir de les revoir. Mal, car elle ne sait toujours pas où ils sont, mais plaisir, car leur présence emplit l'espace et chasse instantanément le vide qu'elle ressent depuis leur disparition. Ensuite, ils ne visionnent que le va-et-vient des voitures dans la rue. À vingt-trois heures, un voisin promène son chien pendant un quart d'heure. Ils enchaînent sur la journée du 1er octobre. Plus la bande avance, plus l'impatience de Laura grandit et elle a beaucoup de mal à tenir en place. À sept heures du matin, le même voisin est de nouveau dehors avec son chien. Trente minutes plus tard, Monsieur et Madame Ramos partent travailler. À huit heures, un camion de livraison se stationne dans la rue, à gauche de la villa des Ramos, bloquant totalement la vue sur l'entrée et le garage des parents de Laura. Des hommes en descendent et déchargent des meubles en kit pour les Grant. Ils quittent les lieux un peu avant onze heures. Ensuite, la bande ne montre plus aucun mouvement devant la maison des Mandoza, jusqu'au lendemain où Laura et sa grand-mère arrivent.

— Oh non, on n'a rien vu ! murmure la jeune fille. Fichu camion !

— C'est bon, je vous remercie, vous pouvez arrêter, dit le capitaine Demota. Visiblement, tout s'est passé entre huit heures et onze heures. Nous allons interroger les voisins qui ont reçu les meubles.

Laura prend sur elle pour ne pas laisser éclater sa colère contre le sort qui s'acharne. Comme un automate, elle retourne dans la maison de ses parents avec Elsa Tarias pour répondre à quelques questions tandis que Paul Demota va sonner chez les Grant. Amy Grant, enceinte de six mois, lui propose d'entrer.

— Avez-vous remarqué quelque chose de particulier, le 1er octobre dernier ? dit le capitaine.

— Malheureusement, non. La grand-mère de Laura nous l'a déjà demandé le lendemain de la disparition.

— Y a-t-il des gens qui auraient sonné ou qui seraient venus les chercher ?

Elle prend un air contrit.

— Je suis vraiment désolée. On travaille et quand on est là, on ne passe pas notre temps à regarder chez les autres.

— Oui, bien sûr. Vous avez eu une livraison, ce jour-là, n'est-ce pas ?

— Oui, c'est moi qui ai reçu les meubles. C'est pour la chambre du bébé.

Elle le fait pénétrer dans une pièce dont les murs sont peints en bleu et dont le mobilier, tout neuf, est blanc. Le capitaine jette un coup d'œil circulaire au lit à barreaux, à la commode et à la petite armoire.

— Savez-vous si les livreurs en ont profité pour aller chez les Mandoza ?

— J'avoue que je ne le sais pas. Il y avait beaucoup de cartons et, comme je ne voulais pas les déranger pendant qu'ils procédaient au montage, je suis donc restée dans le salon.

Il la remercie et sort de chez elle.

— Que va-t-il se passer, maintenant ? demande Laura en voyant Paul Demota revenir.

— Nous allons ouvrir une enquête. Cela nous permettra de localiser le portable de votre mère, de fouiller dans les documents de vos parents, d'interroger leurs proches et de contacter la société de livraison.

Au commissariat, Laura est la première à être reçue par Elsa Tarias et Paul Demota. Elle se retrouve dans leur bureau dont la climatisation ne marche toujours pas.

— Nous allons recueillir des informations sur vos parents en commençant par leur identité, leur description physique et les caractéristiques de leur véhicule. Puis, nous évoquerons les membres de votre famille ainsi que leurs amis et leurs collègues.

Laura leur fournit les indications qu'elle avait déjà données à Farian et à Cintia ainsi que des photos. L'interrogatoire est long et précis et elle répond de façon aussi rigoureuse que possible.

Elle regrette, cependant, de ne pas avoir fait tout cela lorsqu'elle était venue, la semaine précédente.

— Y avait-il des tensions dans leur couple ?

— Pas du tout.

— Y avait-il des problèmes entre vos parents et vous-même ?

— Non plus.

— Y en a-t-il eu par le passé ? Avez-vous eu une adolescence difficile, par exemple ?

— Non. Nous avons eu parfois des points de désaccord, bien entendu, mais rien de très grave.

— Y a-t-il eu des tensions entre eux et certains membres de la famille ?

— Euh… non. Pas souvent.

— Donc, il y en a eu.

— Euh…

— À quoi pensez-vous, en particulier ?

— Lors d'un dîner de famille, fin septembre, il y a eu une violente dispute entre mon père et mon oncle.

— À propos de quoi ?

— Je ne sais pas. Ma mère m'a dit qu'ils ne s'étaient jamais très bien entendus et qu'il n'en fallait pas beaucoup pour mettre le feu aux poudres. Après le dîner, on a perçu des cris dans le jardin de ma grand-mère. Quand on est sortis pour voir ce qu'il se passait, ils se battaient et ma mère a dû les séparer. Aucun des deux n'a voulu s'expliquer ni s'excuser. Alors, mon oncle est parti et je pense qu'ils ne se sont pas revus depuis. Apparemment, ça leur est déjà arrivé.

— Vos parents avaient-ils des soucis professionnels ?

— Non, mais, ces derniers temps, ils avaient l'air préoccupés.

— Et avec leurs amis ?

— Rien de particulier.

— Ont-ils des problèmes d'argent ?

— Non. Ils sont salariés tous les deux.

— Ont-ils des addictions ? Au jeu, à la drogue, à l'alcool ?

— Non.

— Des soucis de santé physique ou mentale ?

— Non.

Une fois, l'entretien terminé, Paul Demota va se chercher un café qu'il boit d'un trait. De retour dans son bureau, il s'aperçoit qu'Elsa a accueilli Esperanza Mandoza. Cette dernière l'attend, assise sur une chaise.

— Aviez-vous de bons rapports avec Cristina ?

— Oui.

— Cela a-t-il toujours été le cas ?

Les lèvres d'Esperanza se pincent.

— Il est normal qu'il y ait un temps d'adaptation.

— Quelle était la nature de vos divergences ?

— Oh, des bêtises. Comme dans beaucoup de familles.

Paul Demota observe un moment de silence. Face à lui, Esperanza a les yeux fixés sur ses genoux et tord le tissu de son pantalon entre ses doigts.

— C'était il y a une vingtaine d'années. Mais, après, tout s'est bien passé.

— Pourquoi étiez-vous en colère contre elle ?

— Je trouvais qu'elle écrasait mon fils, à cette époque-là. Elle lui reprochait toujours quelque chose. La naissance de ma petite-fille a tout fait rentrer dans l'ordre.

— Pourriez-vous me parler de leurs personnalités ?

La vieille dame relève les yeux vers le capitaine.

— Cristina est volontaire et dynamique et Bernardo est plutôt introverti.

— Comment fonctionne leur couple ?

— Bien parce que leurs caractères sont complémentaires.

— Quels rapports ont-ils avec leur fille ?

— Bons, mais différents. Cristina est très maternelle. Je pense qu'elle aurait souhaité avoir un deuxième enfant. Comme elle n'en a eu qu'une, elle la couve depuis sa naissance.

Bernardo est plus réservé. Il aime Laura, mais il est moins démonstratif.

— Quel type de relations entretenez-vous avec votre fils ?

— Nous sommes proches l'un de l'autre. Mais, j'ai regretté de ne pas avoir passé plus de temps avec lui quand il était petit. J'étais couturière chez un créateur et je travaillais beaucoup.

— Votre fils s'entendait-il bien avec son père ?

— Oui. Mon mari, qui était ingénieur, travaillait aussi énormément, mais il adorait s'occuper de lui, le week-end. Bernardo aimait ces moments de complicité avec son père et il a été très affecté, lorsque mon mari est décédé, il y a quinze ans.

— Quels sont les rapports de votre fils avec son beau-frère ?

— Euh… Bons.

— Ce n'est pas ce que j'ai entendu. Il paraît qu'il a fallu les séparer lors d'un dîner de famille.

— C'est vrai, admet Esperanza en piquant du nez et en recommençant à triturer son pantalon.

— Connaissez-vous la cause de cette bagarre ?

— Pas du tout, Capitaine.

— Selon vous, qui serait à l'origine de cet incident ?

— Je ne sais pas, car ils sont, tous les deux, colériques.

Après avoir entendu Esperanza et Laura, Paul Demota et Elsa Tarias s'apprêtent à recevoir Gabriel Duarten. Lorsqu'il arrive, le capitaine le fait entrer dans son bureau.

— Y a-t-il des éléments qui vous ont paru étranges ou que vous souhaiteriez porter à notre connaissance pour faire avancer l'enquête ?

— Non, j'ignore totalement ce qui s'est passé.

— Vous entendiez-vous bien avec Cristina et Bernardo ?

— Oui, répond-il après une seconde d'hésitation.

— Ce n'est pas ce qu'on m'a dit.

— Je suis très attaché à ma sœur. Il est vrai que je trouve son mari un peu trop renfermé et que nous n'avons pas beaucoup de goûts communs.

Le capitaine Demota se recule sur sa chaise.

— Apparemment, il a fallu vous séparer, lors d'un dîner de famille, car Bernardo Mandoza et vous-même en étiez venus aux mains.

— Qui vous a raconté ça ?

— Cela n'a aucune importance. Quel était le sujet de cette dispute ?

— Euh…

Gabriel Duarten essuie ses paumes de mains sur ses cuisses.

— Vous souvenez-vous de cet épisode ?

— Oui, vaguement. Enfin, ce n'était pas aussi grave que vous le sous-entendez.

— Vaguement ? Mais, ça date de fin septembre !

— C'était une bêtise, une dispute débile à propos de nos équipes de foot préférées.

Paul Demota le fixe, peu convaincu par ses explications confuses. Il tente de le cuisiner un peu puis le laisse partir.

C'est Naomi, la compagne de Gabriel Duarten, qui clôt cette journée d'interrogatoires sur la disparition du couple. Petite et menue, ses cheveux châtains aux reflets roux tombent en cascade sur ses épaules.

— Avez-vous de bons rapports avec Bernardo et Cristina Mandoza ?

— Oui. Même si nos relations sont assez superficielles, car nous ne nous voyons pas très souvent.

— Gabriel s'entend-il bien avec eux ?

— Il adore Cristina et Laura, mais il n'aime pas trop Bernardo. Cela dit, j'ai l'impression que c'est réciproque.

— Savez-vous pourquoi ?

— Non, c'était déjà le cas lorsque je suis entrée dans la famille.

— Gabriel est-il toujours le même ou a-t-il changé ?

— Il dit qu'avec moi il a mûri. Qu'il est rentré dans le rang. C'est vrai que, quand on s'est rencontrés, il y a cinq ans, je le voyais comme une passade et non comme le futur père de mon fils.

— Pourquoi ?

— Il buvait et il jouait.

— Il jouait ?

— Oui, au poker, une bonne partie de la nuit. Après, il dormait toute la journée. Il venait de se faire virer de son boulot et avait décidé de devenir professionnel. Au départ, il gagnait pas mal d'argent. Puis, il a voulu affronter des joueurs de plus en plus forts pour toucher davantage. Là, il a commencé à perdre.

— A-t-il eu des dettes ?

— Oui. À un moment donné, il m'a demandé cent cinquante dollars. Il m'a dit qu'il était menacé. Nous étions ensemble depuis un an à peine. Je les lui ai donnés, puis je lui ai dit qu'il devait choisir entre le poker et moi. Il a arrêté et il a repris un emploi.

— À votre avis, Bernardo et Cristina Mandoza auraient-ils pu être impliqués dans ces parties de poker, soit en jouant eux-mêmes, soit en payant les dettes de Gabriel ?

— Je ne sais pas.

— C'est vrai qu'ils se sont battus, fin septembre ?

— Oui. La soirée avait été très arrosée.

— En connaissez-vous la raison ?

— Gabriel m'a dit que c'était une vieille histoire qu'il avait laissée traîner, mais il n'a pas voulu m'en dire davantage. Je n'ai pas insisté, car il m'a promis que ça ne se reproduirait plus.

12

JEUDI 9 OCTOBRE

MATIN

Vexé de ne pas avoir saisi la gravité de la situation dès le début, Paul Demota veut, à présent, mettre les bouchées doubles pour enquêter sur la disparition des époux Mandoza. Accompagné d'Elsa, il se gare et pousse la porte de Herrera Transports. Il s'agit d'un tout petit local situé dans la banlieue de Tiguas. Il s'approche de la secrétaire.

— Bonjour, je souhaiterais parler au directeur, s'il vous plaît, dit-il en montrant sa carte de police.

Le visage de son interlocutrice se décompose et elle se retourne. L'homme bedonnant qui était assis, dans l'espace vitré derrière elle, se lève.

— Je suis Monsieur Herrera, suivez-moi, dit-il.

Il désigne des chaises aux policiers.

— En quoi puis-je vous aider ?

— Je voudrais savoir qui a fait la livraison chez Monsieur et Madame Grant au 28 Avenida del Norte, le 1er octobre dernier.

Le directeur regarde son ordinateur.

— C'est l'équipe de Jorge. Je ne comprends pas. Les clients se sont-ils plaints ? Y a-t-il eu des vols ? De la casse ?

— Combien étaient-ils ? enchaîne Paul Demota.

— Quatre.

Devant l'absence de réponse à sa question, Monsieur Herrera se met à transpirer. Il sait à quel point le bouche-à-oreille est important dans sa profession.

— Où puis-je les trouver ? demande le capitaine.

L'homme consulte son planning et note l'adresse sur un bout de papier.

— Ils ont un gros déménagement qui doit les occuper toute la journée, dit-il.

— Précisez-moi également leurs noms, s'il vous plaît.

Paul Demota et Elsa Tarias remontent dans la voiture et se dirigent à l'endroit indiqué sur la feuille. Lorsqu'ils arrivent, un camion est garé sur place et des hommes s'affairent à décharger des meubles. Ils s'approchent du chauffeur qui est en train de fumer. C'est apparemment l'heure de sa pause.

— Bonjour, Messieurs. Capitaine Demota, dit-il en sortant sa carte de police.

Tous s'avancent et le regardent avec une lueur d'appréhension dans les yeux.

— On a demandé un permis de stationnement pour la journée, s'empresse de dire celui qui semble être Jorge, le chef d'équipe. Et puis, on a essayé de bien coller au trottoir pour ne pas gêner la circulation.

Le capitaine ne peut pas réprimer un sourire.

— Non, il ne s'agit pas de ça. Je voulais vous parler de votre livraison chez les Grant au 28 Avenida del Norte, le 1er octobre dernier.

Jorge lance un regard interrogateur aux deux autres qui hochent la tête négativement.

— Ce jour-là, aussi, on était bien garé et personne ne s'est plaint.

— Lorsque vous avez livré, avez-vous remarqué quelque chose de bizarre ?

— Non, dit Jorge.

— Et dans la rue ? Dans les maisons alentour ?

— Euh, non.

— Avez-vous noté un va-et-vient inhabituel près de cette maison, en particulier ? demande le capitaine en lui présentant la photo de la demeure des parents de Laura.

— Non, mais c'était une grosse journée, on n'a pas eu beaucoup de temps pour regarder.

— Avez-vous aperçu ces personnes ?

Paul Demota sort de sa poche la photo des disparus. Aucun d'entre eux ne les a vus.

— Vous n'êtes pas quatre normalement ?

— Si. Mais Kevin n'est pas là, aujourd'hui.

— Pourquoi ? Il est malade ?

— Je ne sais pas, le patron ne m'a rien dit.

Le capitaine retourne à sa voiture et téléphone à Monsieur Herrera.

— Pourquoi Kevin Diaz n'est-il pas venu travailler ?

— Je ne sais pas.

— Il ne vous a pas prévenu ?

— Non. Ça fait plusieurs jours qu'il est absent. J'ai essayé de le joindre, mais il ne répond pas.

— Ça lui arrive souvent ?

— Oui, parfois. Il faut dire qu'il est un peu spécial.

— C'est-à-dire ?

— C'est mon beau-frère qui m'a demandé de l'embaucher. Je l'ai fait pour lui faire plaisir, mais j'avoue que je le regrette. Mon beau-frère travaille dans une association de réinsertion d'anciens détenus.

De retour à son bureau, Elsa se précipite sur son ordinateur. Elle fait une recherche rapide, mais la machine rame. Le nom de Kevin Diaz s'affiche enfin à l'écran. Elle clique pour accéder au détail de sa fiche. Elle découvre toutes ses condamnations, son passé d'enfant battu, sa consommation et ses ventes de stupéfiants. Elle l'imprime et la donne au capitaine. Il la parcourt, puis se lève pour aller voir la commissaire, Linda Cooper. Celle-ci est en ligne, mais elle lui fait signe d'entrer et de s'asseoir.

— Bon, Demota, dépêche-toi, j'ai une réunion, dit-elle après avoir raccroché.

— J'aurais besoin d'une voiture en soutien pour aller au domicile de Kevin Diaz. Il était près de la maison quand le couple Mandoza a disparu et il n'est pas venu travailler depuis. Il n'a pas prévenu et ne répond pas au téléphone.

La commissaire, qui fouille maintenant dans ses dossiers, ne relève même pas la tête. Il ne voit que ses courtes mèches blondes qui virevoltent.

— Il est peut-être malade.

— Oui, enfin, il a fait de la prison.

— C'est d'accord, Demota.

Le capitaine la remercie et sort de son bureau. Il prend l'adresse de Kevin Diaz que lui a donnée Monsieur Herrera, monte en voiture avec Elsa et se dirige vers la banlieue sud de Tiguas.

— Paul, j'ai une question à te poser.

— Je t'écoute.

— Je suis en stage depuis le premier du mois et je voudrais savoir si tu es content de mon travail.

— Tout à fait. Je trouve que tu t'intègres bien à l'équipe, que tu maîtrises tes dossiers et que tu apprends vite. Je vais donc te donner de plus en plus de responsabilités. Et toi, le métier te plaît-il ?

— Beaucoup, même si, aujourd'hui, pour ma première grosse sortie sur le terrain, je me sens très nerveuse. As-tu des conseils à me donner ?

— Pas particulièrement. Je pense que tu as tout appris à l'école de Police. Je te rappelle simplement que, quand on ne sait pas si le suspect est armé ou non, le plus important est d'être extrêmement vigilant pour se protéger soi-même et ses collègues.

Ils se garent devant un petit immeuble miteux dont la peinture beige sale se décroche par plaques entières. Ils pénètrent dans le hall dont la serrure est cassée et lisent les noms sur les boîtes aux lettres. Celui de Diaz correspond à l'appartement du rez-de-chaussée à gauche. Ils marchent à pas feutrés sur le lino défraîchi et se positionnent de part et d'autre de la porte. Une voiture doit arriver en renfort, mais ils ont décidé de ne pas l'attendre. Ils toquent. Pas de réponse. Ils sortent leur arme et Elsa frappe plus fort. Toujours aucune réponse. Paul Demota donne un grand coup dans la porte qui cède avec un craquement sec. Ils pénètrent dans l'appartement et progressent doucement, pistolet au poing.

La petite entrée est déserte. Le capitaine fait signe à Elsa d'aller dans la cuisine tandis qu'il se dirige vers le salon. Personne. Ils entendent soudain du bruit derrière la porte qui se trouve sur la droite. Ils se figent puis avancent tous les deux très prudemment. Paul Demota actionne la poignée de la porte qui s'ouvre en grand. Un coup d'œil circulaire lui indique que la pièce est vide. Par la porte-fenêtre ouverte, il aperçoit une silhouette qui s'éloigne en courant. Il empoigne sa radio.

— Le suspect s'enfuit par l'arrière. Bloquez-le, hurle-t-il avant de s'élancer à sa poursuite, suivi par Elsa.

Le fugitif essaie de les semer, mais le capitaine a l'impression que la distance qui les sépare diminue. Derrière lui, Elsa guide leurs collègues avec sa radio. Sans prendre la peine de regarder, Diaz traverse en courant une rue, heureusement déserte à cette heure-là. Demota entend la sirène de la voiture des renforts qui approche tandis que Diaz court maintenant sur la chaussée. C'est alors que le véhicule de police arrive, face à lui, et que deux fonctionnaires en sortent. Diaz hésite et s'engouffre dans une ruelle sur la droite, poursuivi par Demota. Celui-ci n'entend plus Elsa et il accélère encore pour réduire son écart avec Diaz. Soudain, Elsa, qui a pris un raccourci, déboule, arme au poing, devant le livreur. Surpris, celui-ci s'arrête et fait volte-face. Demota le met en joue tandis que les deux autres policiers les rejoignent.

— Mains en l'air, crie Elsa.

Kevin Diaz lève les bras et s'agenouille. Demota le menotte et ses collègues l'emmènent.

— Bravo, Elsa, ton intervention a été déterminante.

Paul et Elsa entrent dans la salle d'interrogatoire du commissariat dans laquelle se trouve Diaz. La pièce est très basique : pas de fenêtre, sol gris anthracite et murs peints en blanc. Le mobilier est réduit à sa plus simple expression : une table, deux sièges de bureau à roulettes et une chaise sur laquelle est affalé Diaz. Vêtu d'un tee-shirt gris taché, pas coiffé, il a le teint cireux et les yeux cernés.

— Dis donc, tu nous as fait courir, tout à l'heure, dit Demota.

— Ouais.

— Tu veux un café ? demande le capitaine en posant un petit plateau.

Méfiant, l'autre est assis en retrait. Elsa prend un des gobelets et le porte à ses lèvres. Kevin Diaz, mis en confiance, en fait autant.

— Tu n'as pas été bosser, ces derniers temps ?

— C'est mon patron qui vous envoie ?

— Non, mais je le sais. Pourquoi tu n'y vas plus ?

— J'en avais marre de ce boulot.

— Et, ça t'arrive souvent ?

— De temps en temps.

Le capitaine boit son café en regardant son interlocuteur.

— Tu te doutes bien que je ne t'ai pas fait venir pour te parler de l'absentéisme au travail.

— Ouais, dit l'autre en soupirant.

— J'imagine que si tu t'es enfui, c'est que tu sais pourquoi tu es là.

Kevin Diaz hoche la tête. Paul Demota réprime un sourire de satisfaction. Il jubile lorsque les enquêtes sont rapidement bouclées. Dès ce soir, Laura Mandoza saura la vérité.

— Bon, et bien, je t'écoute.

— En fait, euh… j'ai revu Santi.

— Santi ?

— Oui, Santiago Midas. On s'est connus en prison. C'est pour lui que je dealais quand j'étais jeune. Il m'a demandé de lui rendre un service. Et comme il m'a protégé, j'ai accepté.

Kevin Diaz se gratte la tête.

— Ça m'embête de le balancer. C'est un pote.

— Je comprends.

Diaz se tord les mains. Il hésite.

— Si tu me dis tout, je pourrais peut-être faire quelque chose pour toi, dit le capitaine.

— Santi m'a demandé de prendre un chargement et de le livrer.

Diaz fait une longue pause et Paul Demota réprime son impatience.

— Oui, tu pourrais m'en dire un peu plus ?

— C'était un travail important. Il m'a prêté une camionnette et j'ai pu le faire seul. Comme j'ai été bien payé, j'ai décidé de ne pas aller bosser, pendant quelques jours.

— Où as-tu déposé ton chargement ?

— Dans un entrepôt.

— Ils sont donc là-bas ?

— Oui, là-bas, il y a tous les meubles : des chaises, des tables basses, des vases et quelques tableaux. C'est sûrement de la marchandise volée que Santi va essayer d'écouler.

Le capitaine fait un effort pour rester calme et patient.

— Et les Mandoza ?

— Qui ?

— Les Mandoza !

Kevin Diaz pose un regard vide sur le policier, puis sur Elsa. Paul Demota recule sa chaise d'un coup de talon, attrape un dossier, l'ouvre et en sort une photo de la maison des parents de Laura.

— Quand tu as pris ton chargement, comme tu dis, dans cette maison, où l'as-tu amené ?

Kevin s'approche et observe le cliché.

— C'était pas dans cette maison.

— Où alors ?

— J'ai tout chargé Avenida de la Libertad. Au numéro 5. Je m'en souviens, c'est mon jour d'anniversaire.

— Bon. Et où les as-tu amenés ?

— Je viens de vous le dire. Dans un entrepôt, au sud de la ville.

— Ils étaient là, tous les deux ?

— Euh non, j'ai vu qu'un seul type quand je suis arrivé.

Le capitaine a franchement l'impression que son interlocuteur joue avec ses nerfs. Il rouvre le dossier et pose une nouvelle photo sur la table.

— Monsieur et Madame Mandoza sont-ils, actuellement, à l'entrepôt ?

Kevin l'examine puis relève la tête.

— J'sais pas. C'est qui ?

Paul Demota pointe la photo sur la table.

— Tu te fous de ma gueule ? Tu m'as dit que tu avais pris ton chargement dans une autre maison.

— Ben oui. Je vous l'ai dit. J'ai chargé les meubles dans une autre maison.

— Donc, ton chargement, c'était uniquement des meubles volés ?

— Ben oui. J'comprends pas ce que vous voulez.

13

JEUDI 9 OCTOBRE

APRÈS-MIDI

La Police enquêtant désormais sur la disparition de ses parents, Laura a décidé de ne plus travailler avec Farian, car ses services sont très coûteux et, pour l'instant, il n'a obtenu aucun résultat, ni à Tortugas Bay ni à Temaco City. Elle veut également que Cintia puisse se concentrer sur les dossiers qui ne sont pas suivis par les forces de l'ordre. Avant de lui souhaiter de retrouver sa famille au plus vite, Cintia lui a conseillé, une nouvelle fois, de faire appel aux médias. Malgré ses réticences initiales, la jeune fille s'est laissée convaincre.

Lorsqu'elle arrive devant le domicile de ses parents, en début d'après-midi, une camionnette y est déjà stationnée. À côté, Jane Ortiz, présentatrice vedette de la chaîne régionale Tiguas News, l'attend. Elle porte une robe bleue très bien coupée, arbore un brushing parfait et est très maquillée. Sa tenue impeccable contraste avec le tee-shirt noir informe et le jean trop large du caméraman qui l'accompagne. Laura presse le pas et s'approche d'eux.

— Excusez-moi, je suis un petit peu en retard.

— Ne vous inquiétez pas, William est en train de faire des tests de lumière. Avez-vous la photo dont nous avons parlé ?

Laura sort un cadre de son sac.

— C'est ce que j'ai de plus grand.

Le caméraman revient vers elles.

— Il y a beaucoup de soleil là-bas, ça fait trop de contraste. Je préfère qu'on reste ici, sous le palmier. Avec la maison au fond, ça fera très joli.

— Parfait. Êtes-vous prête ?

Laura acquiesce et William lui accroche un micro-cravate. Puis, la journaliste affiche son plus beau sourire tandis qu'il la filme en gros plan.

— Mesdames et Messieurs, bonjour. Tout était calme dans cette rue tranquille du quartier Valverde de Tiguas lorsque, le 1er octobre dernier, l'incompréhensible s'est produit. Un couple apparemment sans histoire a disparu sans laisser de trace. Neuf jours après, le mystère demeure et on ne sait toujours pas ce que Cristina et Bernardo Mandoza sont devenus. Nous sommes actuellement avec leur fille. Laura, quand avez-vous eu de leurs nouvelles, pour la dernière fois ?

— Le 30 septembre au soir. J'ai échangé des messages avec ma mère. Nous avions prévu de nous retrouver, le lendemain.

— Pourriez-vous nous montrer une photo ?

Laura pose le cadre contre elle comme le lui a conseillé la présentatrice. William zoome sur le cliché.

— Laura, pourquoi avez-vous accepté de nous recevoir aujourd'hui ?

— Parce que je pense qu'il y a des personnes qui savent où sont mes parents et ce qu'il leur est arrivé. Or, il est important que ces gens parlent, car ma grand-mère, mon oncle et moi-même avons besoin d'avoir des réponses. Si ces personnes ont peur ou si elles ont une part de responsabilité, elles ne sont pas obligées de donner leur identité. Elles peuvent juste appeler la Police pour dire où ils sont.

— Vos parents nous écoutent peut-être, en ce moment. Avez-vous un message à leur transmettre ?

— Papa, Maman, je suis très inquiète et j'ai besoin d'être sûre que vous allez bien. Je peux tout entendre, tout comprendre, tout accepter. Vous pouvez revenir, je ne vous en voudrai pas. Et si vous ne souhaitez pas réapparaître, s'il vous plaît, donnez-moi au moins de vos nouvelles pour que je sois rassurée !

Le caméraman fait un gros plan sur le visage de la jeune fille et sur les larmes qui roulent sur ses joues.

— Chers téléspectateurs, vous l'avez entendu, il y a sûrement quelqu'un parmi vous qui sait quelque chose. Si c'est le cas, n'hésitez pas à nous appeler au numéro qui s'affiche en bas de votre écran. Laura compte sur vous pour comprendre ce qui s'est passé.

William fait un zoom arrière pour voir la totalité de la photo ainsi que la mine défaite de Laura. Puis, il éteint sa caméra et se redresse.

— C'est bon, c'est dans la boîte !

La jeune fille s'essuie les yeux et remet le cadre dans son sac.

— Ce sera diffusé, ce soir, au journal de dix-huit heures, dit Jane Ortiz.

Laura la remercie tandis que le caméraman range le matériel dans leur camionnette. Puis, dès le départ de l'équipe de Tiguas News, elle relève le courrier de ses parents. Elle décachette les enveloppes pour voir s'il n'y a rien d'important. Il n'y a que des factures à payer et elle les glisse dans son sac. L'homme qui marchait sur le trottoir d'en face s'avance vers elle dès qu'il l'aperçoit. Elle a le déplaisir de constater que c'est, de nouveau, Alistair Smith.

— Je voulais juste vous dire que j'ai appris que vos parents avaient disparu. Je ne les connaissais pas beaucoup, mais ils avaient l'air très sympathiques. Je suis vraiment désolé.

— Merci beaucoup, Monsieur Smith. C'est très gentil de votre part.

— Je suis navré de vous avoir ennuyé avec mes histoires de clés. Mais, ne vous inquiétez pas, j'appellerai un serrurier.

— Vous ne pouvez toujours pas rentrer chez vous ?

— Si, heureusement. C'est le trousseau de ma maison de campagne que j'ai confié à votre père lorsque je suis parti en Australie, le mois dernier.

— Pourquoi lui avez-vous remis vos clés alors que vous le connaissez si peu ?

— Normalement, je les donne à Daniel, notre ami commun. Mais, comme il est en vacances aux Caraïbes, c'est votre père qui devait les garder en attendant qu'il revienne. Vous comprenez, c'est compliqué. C'est une grande propriété, une hacienda avec beaucoup de terrain autour. C'est tellement isolé et difficile d'accès que personne de ma famille ne voulait la surveiller en mon absence. J'étais très content qu'il accepte de s'en charger.

Laura a un léger vertige. Ses parents seraient-ils là-bas ?

— Je vais essayer d'appeler un ami de mon père. Il a peut-être les clés.

La jeune fille s'éloigne un instant pour téléphoner à Paul Demota. Lorsqu'elle a terminé, elle revient vers son interlocuteur.

— J'ai réussi à le joindre, il va venir. Ça ne devrait pas être trop long.

En attendant que le capitaine arrive, elle questionne Alistair Smith sur son hacienda. Très fier qu'elle s'y intéresse, il lui répond avec plaisir et lui montre des photos. Il s'agit d'une immense bâtisse du début du vingtième siècle aux couleurs chaudes et aux colonnes blanches. Grâce à des images aériennes, elle parvient même à la localiser.

Une voiture se gare devant eux. Un homme en sort et s'approche.

— Bonjour. Paul Demota, Police Judiciaire.

Alistair Smith devient blême.

— Mademoiselle Mandoza, c'est vous qui avez appelé la Police ?

Elle acquiesce.

— Mais pourquoi ? Je n'ai rien fait.

— C'est juste pour vous poser quelques questions, dit le capitaine.

En rentrant chez elle, Laura allume la télévision. Depuis que ses parents ont disparu, elle a besoin de ce bruit de fond. Cela lui évite de se sentir seule et d'être submergée par des pensées lugubres. De plus, cela lui permet de savoir si de nouveaux indices ont été trouvés. Sur Tiguas News, elle visionne, pour la énième fois, le rappel des faits. À dix-huit heures, elle découvre la séquence qui a été tournée devant chez ses parents. Elle remarque qu'elle est empruntée alors que Jane Ortiz semble très à l'aise. Elle trouve le gros plan final sur ses larmes à la fois impudique et racoleur. Elle aurait préféré éviter de se donner ainsi en spectacle. Mais, elle fait confiance à Cintia et veut suivre ses conseils pour mettre toutes les chances de son côté. La journaliste de Tiguas News annonce ensuite une série de témoignages exclusifs recueillis grâce au numéro spécial que la chaîne a mis en place. L'épicier de leur quartier apparaît alors à l'écran. Il est interrogé sur le couple. Qui faisait les courses ? Quels produits achetaient-ils ? À quelle fréquence ? Y a-t-il eu un changement dans leurs habitudes de consommation ? Il fait des réponses particulièrement longues, prenant, tour à tour, un air concerné, mystérieux ou entendu. Laura ne sait pas quel crédit accorder à ses déclarations. Ses parents allaient-ils régulièrement dans son magasin, ce dont elle ne garde aucun souvenir, ou celui-ci profite-t-il juste de l'occasion pour faire de la publicité auprès des habitants du quartier. Apparaît ensuite à l'écran, un jeune homme qui dit avoir travaillé sous les ordres de Bernardo Mandoza.

— Pendant combien de temps avez-vous été son collaborateur ?

— Deux ans.

— Quel genre de supérieur hiérarchique était-il ?

— Il était très injuste et n'avait aucune empathie. Il fixait des délais irréalistes et s'étonnait qu'on ne les tienne pas. Du coup, je lui ai donné ma démission et je lui ai dit ses quatre vérités avant de partir. Il était furieux.

Les témoignages se succèdent et Laura finit par éteindre la télévision, énervée par le côté scandaleux que revêt désormais la disparition de ses parents.

14

VENDREDI 10 OCTOBRE

MATIN

Toute la nuit, Laura s'est demandé si ses parents étaient dans l'hacienda d'Alistair Smith. Au petit matin, elle n'y tient plus et décide de s'y rendre. L'enquête piétine tellement qu'elle a besoin de s'accrocher au moindre indice pour ne pas perdre espoir.

Lorsqu'elle arrive à proximité de la bâtisse, elle constate qu'elle ne peut pas s'approcher, car la Police a établi un périmètre de sécurité. Elle va donc stationner un peu à l'écart, à un endroit où la route surplombe la propriété.

Avant de partir, elle a décidé d'emporter sa vieille paire de jumelles. Elle les règle et remarque que la demeure est cernée par des policiers, nombreux et lourdement armés, qui portent des gilets pare-balles et attendent l'ordre d'investir les lieux. Laura retient son souffle lorsque les hommes, menés par le capitaine Demota, pénètrent en force après avoir fait céder la porte à coups de bélier.

Le temps s'écoule, lentement. Ceux qui sont restés à l'extérieur surveillent les alentours et communiquent par radio avec ceux qui sont à l'intérieur. Il ne se passe absolument rien. Les policiers qui étaient entrés ne sont toujours pas ressortis. Elle ne sait pas si c'est bon ou mauvais signe. Elle se dit que c'est sûrement normal. L'hacienda est très grande et il leur faut du temps pour faire le tour de toutes les pièces.

Soudain, une sirène se fait entendre au loin, puis une ambulance arrive et se stationne à proximité de la maison. Un homme avec une mallette se dirige vers la porte d'entrée en courant. Ce doit être un médecin. Il y a quelqu'un qui nécessite des soins. Est-ce un policier ? Un malfaiteur ? Un de ses parents ? Elle se sent oppressée. Elle n'a pourtant pas entendu de coups de feu. Que se passe-t-il donc ? Elle regarde son téléphone. Aucune nouvelle du capitaine.

Il y a, de nouveau, du mouvement du côté de l'ambulance. Deux hommes quittent le véhicule avec un brancard et se précipitent à l'intérieur. Le cœur de Laura s'emballe. Elle envoie un message à Paul Demota pour lui demander ce qu'il a trouvé. Après quoi, elle reprend son observation avec les jumelles. Des policiers commencent à sortir. Ils ont l'air plus détendus.

Les mains moites, elle se concentre sur la porte d'entrée, car les brancardiers reviennent. Le pas lourd, ils descendent les marches et se dirigent vers leur véhicule. Ils chargent la civière dans l'ambulance en faisant bien attention à la perfusion. Elle n'arrive pas à distinguer le visage qui est dissimulé par une couverture de survie. Ils reprennent ensuite la civière et retournent à l'intérieur.

Puis, les brancardiers réapparaissent dans l'encadrement de la porte. Ils se déplacent lentement, car ils sont de nouveau chargés. Une fois en bas des marches, ils font quelques pas sur la pelouse, s'arrêtent, déposent une personne sur le sol. Elle essaie de distinguer quelque chose, mais, comme c'est très sombre, elle ne devine rien. Pas de visage, pas de mains. On dirait un sac de voyage. Un immense sac. Aussi grand qu'un être humain. On dirait… Elle hurle. C'est une housse mortuaire. Elle étouffe. Est-il possible que tout s'arrête comme ça ?

Entre ses larmes, elle relève la tête en entendant du bruit.

Une voiture se stationne à son niveau. L'opération est terminée et Paul Demota rentre à Tiguas avec Elsa Tarias. Laura, incapable de parler, tremble de tout son corps. Le capitaine s'en aperçoit tout de suite.

— On a évacué deux vagabonds qui squattaient la maison. L'un est mort et l'autre est très affaibli. En revanche, nous n'avons trouvé aucune trace de vos parents.

Il s'apprête à repartir mais se ravise.

— Comme prévu, nous nous rendrons au domicile de vos parents, cet après-midi, pour effectuer une perquisition.

15

VENDREDI 10 OCTOBRE

SOIR

Cintia a parlé, plusieurs fois, par messages à AventurierSolitaire. Elle a appris qu'il s'appelle Arturo Gamos et, au téléphone, elle lui a trouvé une voix douce et sensuelle. Elle a été agréablement surprise quand il lui a confié vouloir que leurs personnalités soient compatibles avant d'aller plus loin. C'est la première fois qu'un homme est plus intéressé par son caractère que par son corps, ce qui est très encourageant. Ainsi, lorsqu'il lui a proposé d'aller dîner ensemble, elle a, tout de suite, accepté.

Elle a pris un temps infini à trouver la bonne tenue, à se coiffer et à se maquiller. Elle a longuement hésité sur le style à adopter pour ce premier rendez-vous. Ce soir, doit-elle être fatale, coquine ou sage ? Finalement, elle a opté pour une robe discrète. Arturo a l'air d'être quelqu'un d'assez conservateur et il ne serait sûrement pas à l'aise avec une femme trop provocante.

Elle se félicite de son choix en arrivant au restaurant, car les clients sont assez jeunes et habillés de façon décontractée. Cintia appréhende cette première rencontre avec Arturo. Elle a peur de ne pas lui plaire, mais elle craint également d'être déçue. L'idée de rentrer chez elle l'effleure. Mais non, Arturo a insisté pour qu'ils parlent beaucoup. Justement pour ça. Pour apprendre à se connaître. Et ils ont déjà identifié beaucoup d'envies et de goûts communs.

Arturo a choisi un restaurant mexicain pour lui faire plaisir. La décoration intérieure est extrêmement colorée et trois grandes fresques murales représentent la vie dans les campagnes mexicaines au dix-neuvième siècle. Elle se remémore la photo d'Arturo et le cherche parmi les clients. Elle ne le voit pas. Lui aurait-il posé un lapin ? Sa bouche se tord légèrement.

— Cintia ?

Elle se retourne et se trouve face à un homme qui lui sourit.

— Oui. Tu es Arturo, j'imagine.

— C'est ça. Je suis ravi de te rencontrer.

Un serveur les aborde et les installe à une table. Ils se regardent, un peu gênés. Elle avait peur qu'il ait triché sur ses photos de profil. Mais, non. Il a des traits harmonieux. Des dents régulières, pas de rides marquées, un nez droit, des yeux doux et il est mince. En plus, elle le trouve très élégant avec sa chemise blanche. Il est rasé de près et ses cheveux bruns, coupés courts, sont bien disciplinés avec du gel. Elle adore son côté sauvage, à la fois viril et soigné. Le serveur leur amène la carte et elle plonge le regard dedans pour ne pas avoir l'air de dévisager Arturo.

— Apparemment, ils sont connus pour leurs menus, notamment le menu Aztèque avec la soupe de fleur de courgettes en entrée et les tacos d'Escamoles en plat.

Des Escamoles ! Cintia n'ose pas lui dire que, bien qu'étant d'origine mexicaine, elle n'en a jamais mangé. Il faut dire que ces œufs de fourmis, très appréciés des fins gourmets, sont difficiles à récolter et donc très chers.

— C'est une très bonne idée ! Je vais me laisser tenter, dit-elle.

Lorsque le serveur revient, ils passent la commande.

— Tu as très bien choisi le restaurant, dit-elle pour rompre le silence embarrassant qui s'est installé.

— Merci. Il paraît qu'il est très réputé.

Arturo semble un peu timide et un nouveau silence s'installe.

— Parle-moi de toi, dit-elle pour lancer un sujet de conversation. Tu es graphiste, n'est-ce pas ?

— Oui, c'est ça. J'ai travaillé pendant de nombreuses années en entreprise à Temaco City. Et puis, j'ai eu envie de devenir mon propre patron. Je suis donc en train de faire les démarches pour créer ma société et me mettre à mon compte.

Cintia adore le côté entrepreneur d'Arturo.

— Moi aussi, j'aimerais ouvrir mon propre salon de coiffure, dans quelques années, murmure-t-elle. C'est très inspirant de rencontrer des personnes qui, comme toi, ont déjà sauté le pas. Tu vas pouvoir me donner plein de conseils.

Il se redresse sur sa chaise.

— Ce qui est important, c'est de bien préparer son projet. Il faut étudier les opportunités, mettre toutes les chances de son côté et ne rien laisser au hasard pour être sûr de réussir. Et…

Arturo tousse longuement.

— Excuse-moi, je suis asthmatique. J'espère que ça ne te dérange pas, dit-il, un peu inquiet.

— Non, pas du tout, répond-elle avec un large sourire plein de bienveillance.

Le serveur apporte la soupe de fleurs de courgette.

— C'est vraiment très bon, dit Cintia. Qu'est-ce que tu aimes faire pendant ton temps libre ?

— Naviguer, voyager, aller au cinéma et au restaurant.

Bateaux, voyages, restaurants, cinéma. Tous ces mots la font rêver tant ils la sortent de son quotidien monotone.

— Je n'ai jamais fait de bateau, mais ça doit être très agréable, dit-elle.

— Oui, j'adore ça. On a une véritable impression de liberté.

Si tu veux, on pourra en faire ensemble. Et toi, quels sont tes hobbies ?

— Tu vas trouver ça bizarre, mais, ces derniers temps, j'ai ressenti le besoin de me rendre utile et de faire quelque chose pour les autres.

— Non, ce n'est pas bizarre, c'est une très bonne idée.

— Comme je l'ai mentionné dans mon profil, je suis bénévole dans une association de recherche de disparus. J'ai encore beaucoup de choses à apprendre, mais ça me plaît énormément. J'ai aidé une jeune fille dont les parents ont disparu au début du mois. Tu en as sûrement entendu parler, car elle est passée à la télévision.

— Ah oui, effectivement.

— Cette affaire m'intéressait beaucoup, mais notre association ne s'en occupe plus depuis que la Police enquête. C'est dommage, mais c'est comme ça. Maintenant, je suis chargée de deux autres dossiers importants. La fugue d'un adolescent et la disparition d'une personne âgée, atteinte de la maladie d'Alzheimer. J'espère que je vais pouvoir aider leurs familles.

— J'en suis convaincu.

— Et quand j'ai un peu de temps, bien sûr, je fais des recherches pour essayer de retrouver ma sœur, dit-elle en baissant la tête.

Il pose sa main sur la sienne.

— Elle a de la chance d'avoir une sœur comme toi. Je suis sûr que tu vas y arriver.

— J'espère, murmure-t-elle en s'essuyant discrètement les yeux.

Le serveur débarrasse et amène les Escamoles. Cintia observe avec intérêt les larves de fourmis qui ressemblent à de petits grains de riz dodus.

— C'est vraiment très fin, dit-elle, en dégustant chaque bouchée.

— Et sinon, tu m'as dit que tu connaissais le Mexique ?

— Oui, mes parents vivent à Mexico. Ils sont très heureux là-bas. J'y ai vécu plusieurs années et j'ai plaisir à y retourner une fois par an pour aller les voir. Et toi, où vit ta famille ?

Arturo se rembrunit.

— J'ai perdu mon père, il y a cinq ans, et ma mère, il y a six mois.

— Oh pardon, je suis vraiment confuse.

— Ce n'est rien, tu ne pouvais pas savoir. C'est vrai que ça a été une période très difficile pour moi, mais je reprends, peu à peu, goût à la vie.

Cintia le trouve touchant.

— Parle-moi de toi, dit-il en se penchant vers elle.

— Oh, je ne sais pas si c'est passionnant.

— Si. Une femme comme toi, ça m'intéresse et ça m'intrigue. Tu es belle, tu es gentille. Comment se fait-il que tu sois toujours célibataire ?

Cintia ne peut pas s'empêcher de rougir de honte à l'idée de passer pour une fille incasable.

— Je suis sans doute trop exigeante et trop idéaliste.

— Pourquoi ? Qu'attends-tu d'un compagnon ?

— Ben, qu'il m'aime et qu'il me fasse rire. Et puis, je voudrais me marier et avoir des enfants.

— Oui, et quoi d'autre ?

— C'est tout.

Cintia se mord les lèvres en s'apercevant qu'elle est peut-être allée trop vite en besogne. Elle risque de faire fuir Arturo en lui parlant de mariage et d'enfants dès leur première rencontre. Cela dit, elle a déjà vingt-huit ans et elle n'a plus envie de perdre son temps avec des abrutis du genre de son ex.

— Moi aussi, je suis célibataire et j'aimerais fonder une famille. J'ai quarante-trois ans et je pense que c'est le moment ou jamais.

Un grand sourire se dessine sur le visage de Cintia.

— Je suis contente que tu veuilles t'engager. Sur les sites de rencontre, il y a tellement d'hommes qui veulent juste s'amuser.

Elle termine le contenu de son assiette.

— Comment se fait-il qu'un homme comme toi ne soit pas encore marié ?

— Qu'est-ce que tu entends par « un homme comme toi » ?

— Tu es beau, tu es aisé, tu es intelligent, tu es gentil. Tu dois avoir beaucoup de succès. Alors, pourquoi es-tu célibataire sans enfants ?

Il rit en rejetant la tête en arrière.

— D'abord, merci pour tous ces compliments. Ensuite, oui, j'ai eu plusieurs compagnes. Notamment une avec laquelle je suis resté extrêmement longtemps. Je pensais que c'était la femme de ma vie et qu'on resterait ensemble pour toujours. Mais, elle m'a trompé et elle m'a menti.

Il se tait. Des nuages passent dans ses yeux et son expression change. Cintia devine que la séparation a été particulièrement douloureuse pour lui.

Le lendemain matin, dans le vestiaire du salon de coiffure, Cintia se change pour passer l'uniforme noir choisi par Rita Cordero pour ses employées.

— Alors, ce dîner avec ton bel Arturo, hier soir ? lui demande Natalia. Est-il aussi beau que sur les photos que tu m'as montrées ?

— Oui et c'était génial, répond Cintia, toute excitée. Il a l'air sérieux et gentil. En plus, c'est un vrai gentleman.

Son amie la regarde avec des yeux pleins d'envie.

— Ah oui ?

— Oui. Il m'a payé le restaurant, puis il m'a ramenée en bas de chez moi en voiture.

Cintia boutonne sa veste avec application. Natalia bout d'impatience, à côté d'elle.

— Et ?

— Et il m'a embrassée.

Natalia prend l'air canaille.

— Ouah ! C'est chaud ! Et ?

— Il m'a dit : « Bonne Nuit » et il est parti.

Les sourcils de Natalia se lèvent.

— Il t'a payé le restaurant, t'a ramenée chez toi et il ne s'est rien passé ?

— C'est ça. Et, ce matin, il m'a envoyé un message pour me dire qu'il avait passé une super soirée et qu'il avait hâte que l'on se revoie.

— Tu en as de la chance !

16

SAMEDI 11 OCTOBRE

Laura a été convoquée de toute urgence au commissariat. Son oncle et sa grand-mère sont venus avec elle. Au départ, pleins d'espoir, ils retiennent maintenant leur souffle, car le capitaine semble embarrassé.

— Une de nos patrouilles vient de retrouver le véhicule de vos parents, dit-il enfin.

— Oh mon Dieu. Ils ont eu un accident ? demande Laura.

— Non, la voiture était garée dans un sous-bois, à l'écart du chemin. C'est pour cela que personne ne l'avait repérée auparavant.

Le ton du policier est lent et monocorde. Laura attend la suite, mais rien ne vient. Son pouls s'accélère.

— Et mes parents ?

— On ne sait pas où ils sont, mais…

Laura a du mal à respirer, car elle sent que le capitaine fait tout pour la ménager et montrer de l'empathie. Il s'est arrêté de parler et a les yeux fixés sur elle. Il se racle la gorge.

— Leur voiture était garée près du pont des Suicidés.

— Le pont des Suicidés ?

— Oui, il surplombe le fleuve Laredo juste avant qu'il ne se jette dans la mer. Ce pont est très en hauteur par rapport à l'eau, ce qui rend une chute extrêmement dangereuse. En plus, le courant emporte les corps au large, là où ils ont peu de chances d'être retrouvés. C'est pour ces raisons que, malheureusement, beaucoup de personnes qui veulent en finir se jettent de ce pont, d'où son nom.

— Capitaine, vous croyez que…

Elle sort un mouchoir en papier pour s'essuyer les yeux.

— Je ne sais pas, mais il vaut mieux vous préparer au pire.

Laura renifle.

— Mais, ça ne veut rien dire, dit Gabriel Duarten. Ils ont peut-être juste laissé la voiture là et… Je ne sais pas… Qu'allez-vous faire ?

Le capitaine croise les mains.

— Je vais demander à la brigade cynophile de passer le coin au peigne fin et aux plongeurs d'explorer le site.

Esperanza Mandoza réprime un sanglot.

— Si je comprends bien, vous recherchez leurs corps.

— Malheureusement oui, Madame, et je tenais à vous en informer, personnellement.

Ils quittent le commissariat et se retrouvent chez Esperanza. Le lendemain de la disparition de ses parents, Laura avait pris en photo toute la maison ainsi que le contenu des placards et des tiroirs pour les examiner chez elle et chercher des indices. Elle consulte maintenant ces clichés avec son oncle et sa grand-mère. Sur Internet, ils recherchent le nom des médicaments qu'ils ne connaissent pas. Lorsqu'ils ont terminé, ils en sont sûrs : il n'y a aucun antidépresseur.

— Ça me rassure, dit Laura. Ils n'étaient sans doute pas dépressifs. C'est pour ça que je n'ai rien vu.

— Alors, pourquoi se seraient-ils suicidés ? demande sa grand-mère.

Gabriel réfléchit.

— C’est peut-être justement parce qu’ils ne prenaient pas de médicaments.

— Je ne comprends pas, dit Laura.

— S’ils étaient déprimés et qu’ils ne se sont pas fait soigner, leur mal-être a pu se transformer en dépression, ce qui les a conduits à envisager l’irréparable.

La jeune fille fait la moue.

— Ma mère est dans le domaine médical, c’est curieux qu’elle n’ait pas cherché de l’aide si elle en avait besoin.

— Oui. Et puis, deux dépressifs d’un coup, ça fait beaucoup, dit Esperanza.

Laura n’arrive plus à empêcher ses larmes de couler.

— C’est étrange, je ne les ai jamais sentis au bord du gouffre.

— Moi, non plus, dit Gabriel.

— Moi, non plus, soupire Esperanza.

— Et puis, s’ils traversaient une période difficile, pourquoi ne nous ont-ils rien dit ? demande Laura.

— Peut-être nous cachaient-ils quelque chose… souffle sa grand-mère.

17

DIMANCHE 12 OCTOBRE

MATIN

Le Costan étant à quelques mois de l'élection présidentielle, Cintia a regardé l'allocution télévisée du président sortant, Juan Sandoval. Elle a ensuite écouté l'interview de son challenger, Robert Tormez, l'actuel maire de Tiguas. Elle a regardé ces émissions avec d'autant plus d'attention qu'Arturo lui a confié aimer la politique. Le charisme de Tormez, rehaussé par un sourire ravageur et de splendides yeux bleus, exerce sur elle une fascination indéniable comme à l'accoutumée. De plus, la volonté de ce dernier de favoriser les classes les plus modestes, en cas d'élection, la séduit énormément.

Une fois, le programme terminé, c'est l'heure du journal télévisé et du sujet favori des médias, en ce moment : le Mystère des Disparus. Cintia est désolée d'apprendre que la voiture des Mandoza a été retrouvée, près du Pont des Suicidés. Elle pense à Laura dont la situation l'émeut beaucoup et souhaite, de tout cœur, que la Police retrouve ses parents vivants. Elle chasse les pensées sombres que cette révélation a fait naître dans son esprit pour ne pas plomber l'ambiance de la journée agréable qui s'annonce avec Arturo. Il ne faudrait pas qu'il croie qu'elle est mélancolique ou qu'elle est uniquement fascinée par les faits divers.

À l'heure dite, elle prépare ses affaires puis descend. Arturo est déjà là et il l'attend, stationné sur une place réservée aux livraisons. Il l'aide à mettre son sac dans le coffre lorsqu'il reçoit un coup de téléphone. Il hésite à décrocher et s'éloigne finalement pour répondre. Cintia n'entend pas ce qu'il dit, mais elle remarque que l'échange est particulièrement animé. Lorsqu'Arturo revient, après avoir terminé sa conversation, il semble très contrarié. Ils montent dans la voiture et prennent la direction de la mer.

— Ça va, Arturo ? Tu ne dis rien.

— Excuse-moi, j'ai un client très pénible. Il me harcèle. C'est stressant, dit-il en réprimant une quinte de toux.

Cintia ne connaît pas la route qui mène à la station balnéaire chic de Puerto Azul et elle découvre avec plaisir que des bougainvillées multicolores font une haie fleurie sur une bonne partie du parcours. Pendant le trajet, elle parle à Arturo pour lui changer les idées et, peu à peu, il se détend.

Arrivés à Puerto Azul, ils se garent près de l'agréable port de plaisance dont les bateaux remuent au gré des flots. Sur les quais, des gens sont attablés à la terrasse des restaurants. Cintia est émerveillée par ce luxe raffiné. C'est la première fois qu'un homme vient la chercher en voiture et lui offre une journée au milieu des îles. Avec Arturo, elle se sent comme une princesse.

— Ça te dirait de faire du snorkeling pour observer les poissons sous l'eau ?

— Oui, bien sûr, mais je ne suis pas équipée.

Ils se dirigent vers un magasin qui vend des articles de plage. Au rayon masques et tubas, Arturo les examine tous et finit par prendre les plus chers. Cintia n'ose pas protester et ils vont à la caisse. Elle sort son porte-monnaie quand Arturo lui dit :

— Aujourd'hui, c'est moi qui t'invite.

— Tu es sûr ?

Il acquiesce et paie. Cintia est flattée par sa générosité.

Arturo a réservé un petit bateau blanc à moteur. L'intérieur de l'embarcation est fort bien conçu. Le gouvernail et le salon sont abrités du soleil par un toit et, à l'arrière, il y a une partie solarium avec des transats au matelas épais.

Ils quittent le port et se dirigent vers les îles. Cintia sent, tout de suite, un léger clapot. Pour faire plaisir à Arturo et être sûre que la journée se passe au mieux, elle a pris un comprimé contre le mal des transports. Il est hors de question de laisser quoique ce soit gâcher cette journée qui s'annonce très romantique. Arturo est très à l'aise aux commandes du bateau et Cintia aime cette assurance. Avec lui, elle irait au bout du monde tellement elle se sent en sécurité. En elle, une petite voix la prévient de ne pas s'emballer trop vite pour ne pas être déçue. Mais, à l'inverse, une autre petite voix lui crie de profiter au maximum du moment présent et d'être heureuse. Elle retire son chapeau qui a manqué de s'envoler à plusieurs reprises et se rapproche d'Arturo, debout derrière le gouvernail. Elle passe son bras gauche autour de sa taille et pose sa tête sur son épaule. Il l'embrasse sur le front.

Arrivé près d'une petite île au décor paradisiaque, il éteint le moteur et jette l'ancre pendant que Cintia prend des photos. La mer bleu turquoise borde une plage au sable d'un blanc éblouissant. Le vert tendre de la végétation luxuriante se détache sur le ciel d'un bleu profond.

— C'est magnifique, murmure-t-elle.

— On va voir les poissons ?

Arturo l'aide à bien régler la courroie de son masque pour que ce soit ni trop lâche, ni trop serré. Puis, ils descendent dans l'eau à l'aide de l'échelle.

— Le bateau ne risque pas de partir ? demande Cintia.

— Non, il est bien attaché, répond calmement Arturo.

— Quelqu'un ne va pas nous le voler ?

— Non, j'ai jeté l'ancre loin de la côte. En plus, je garde la clé sur moi, dans la pochette étanche.

Arturo met le tuba dans sa bouche et commence à nager. Cintia fait de même et le suit. L'eau, d'une température très agréable, est incroyablement transparente et elle voit très loin. Elle remarque, tout de suite, une multitude de poissons colorés. Certains sont bleu vif, d'autres sont noirs et jaunes, il y en a même qui sont orange et blancs. Elle est fascinée par leur beauté et par la magie qui se dégage des paysages marins qu'elle découvre. Arturo retire le tuba de sa bouche et descend en apnée à un endroit où il y a peu de profondeur. Il semble ramasser quelque chose au sol et laisse derrière lui un nuage de sable. Il se retourne et Cintia remarque qu'il tient dans les mains un poisson-globe jaune qui s'est gonflé comme un ballon pour faire peur à son assaillant. Cintia l'observe avec beaucoup d'intérêt puis Arturo lui rend sa liberté.

— C'était féérique, dit-elle en remontant sur le bateau.

Ils se sèchent. Cintia s'approche d'Arturo et lui dépose un baiser sur la joue.

— Merci, murmure-t-elle.

Il la serre contre lui.

— Je suis ravi que ça t'ait plu.

Il attrape son tee-shirt, l'enfile et se dirige vers le salon.

— Champagne ? dit-il en sortant une bouteille du petit réfrigérateur.

Cintia reste sans voix. Il a même pensé à commander du champagne ? Ses précédentes conquêtes carburaient plutôt à la bière ou à la piquette. Mais, Arturo, c'est autre chose. Un mélange de classe et de savoir-vivre. Un vrai gentleman.

Il a rempli deux coupes et en offre une à Cintia.

— À nous deux, dit-il en la regardant, intensément.

Elle frémit et s'empresse de cacher son trouble en buvant une gorgée.

— Hm, il est très bon.

Arturo, visiblement ravi, va chercher dans le réfrigérateur des plateaux-repas et les pose sur la table. Elle découvre du ceviche et des tortillas. Elle en prend une et met dessus le poisson cru mariné, ajoute de la tomate et de l'oignon ainsi que de l'avocat, de la coriandre, un peu de piment et du citron vert. C'est délicieux. Cintia donnerait n'importe quoi pour que ces instants de bonheur ne cessent jamais.

Au pied du Pont des Suicidés, Paul Demota a déployé les grands moyens. La brigade cynophile ratisse les berges du Laredo en quête du moindre indice tandis que des policiers, à bord de bateaux pneumatiques, sondent le lit du fleuve. Un peu plus loin, des plongeurs munis de torches étanches particulièrement puissantes tentent de percer les secrets de ces eaux troubles.

Malgré cela, après des heures de recherche, les résultats sont insignifiants. Les corps ont-ils déjà été emportés vers le large ? Paul Demota fume cigarette sur cigarette et fait des allers et retours entre les différentes équipes pour répondre aux questions et encourager les hommes.

Soudain, son talkie-walkie grésille.

— Capitaine, mon chien est sur une piste. Mais, les berges sont très pentues et on ne va pas pouvoir descendre jusqu'à la rive.

Paul Demota examine le lieu avec ses jumelles puis demande à un bateau de se rendre à l'endroit indiqué. Lorsque celui-ci arrive sur place, les policiers présents dans l'embarcation essaient d'écarter les branches, mais elles sont trop denses, à cet endroit-là. L'un d'eux prend alors un sécateur.

— Ici, Demota. Envoyez-moi des plongeurs là où ils coupent les branchages.

Un autre bateau s'approche et deux hommes se mettent à l'eau. Le capitaine devine leurs torches sous la surface avant qu'ils ne disparaissent, cachés par l'abondant feuillage. Il allume une nouvelle cigarette. Le soleil commence à baisser et il va bientôt falloir interrompre les recherches. Son talkie-walkie grésille de nouveau.

— Capitaine, on a trouvé quelque chose.

Il sursaute.

— Qu'est-ce que c'est ?

— Un corps. Il est coincé dans les branches.

La police scientifique a pris des photos et fait des relevés, puis le corps a été amené à l'institut médico-légal de Tiguas.

Dans le commissariat désert à cette heure-là, Paul Demota attend le rapport du médecin légiste. Le téléphone sonne enfin.

— Bonjour Capitaine. Voici, comme convenu, mes premières observations. C'est une femme. Elle était immergée dans l'eau depuis plusieurs jours.

— Avez-vous pu l'identifier ?

— Nous attendons des analyses complémentaires, mais je suis presque sûr qu'il s'agit de Cristina Mandoza. Elle porte les mêmes bijoux que sur les avis de recherche et, plus décisif, elle a une canine cassée de la même façon et au même endroit.

— Merci beaucoup, je vais prévenir la famille et on va mettre les bouchées doubles pour retrouver le deuxième corps.

— Capitaine, il y a quelque chose qui va vous intéresser. Elle a une blessure profonde à la tête, comme si elle avait reçu un coup violent.

— A-t-elle pu se cogner, à des rochers, en se jetant du Pont des Suicidés ?

— C’est peu probable, car c’est très profond, à cet endroit-là. En plus, elle n’a pas d’eau dans les poumons.

Paul Demota s’est figé.

— Quoi ?

— À mon avis, elle est morte d’un coup sur la tête et, ensuite, on a cherché à se débarrasser du corps en faisant croire à un suicide.

18

DIMANCHE 12 OCTOBRE

APRÈS-MIDI

Esperanza berce sa petite-fille qui sanglote dans ses bras.

— Ce n'est pas possible ! hoquette Laura. Qu'est-ce que je vais faire sans Maman ? Elle me manque déjà.

— Gabriel, Naomi et moi, nous serons toujours là pour toi, dit Esperanza. Et puis, tu dois garder espoir pour ton père.

— J'ai peur qu'il soit mort, lui aussi, dit Laura en se remettant à sangloter.

— Le capitaine a dit qu'il allait reprendre l'enquête de façon très sérieuse, dit sa grand-mère.

— Il va faire une nouvelle recherche, plus en aval et en mer. Je sais très bien qu'il cherche le corps de Papa.

— Il va falloir que l'on soit très fortes, dit sa grand-mère.

Gabriel se rapproche de sa nièce.

— Tu sais maintenant que ta mère t'aimait et qu'elle ne t'aurait jamais laissée seule, volontairement.

— Tu peux être fière d'elle, dit Esperanza. En plus, elle t'adorait. Tu as eu beaucoup de chance d'avoir une maman aussi merveilleuse.

La vielle dame relève la tête vers Gabriel qui s'essuie les yeux en silence.

— Je tiens à vous dire que j'ai toujours beaucoup aimé votre sœur et que j'ai été ravie qu'elle soit ma belle-fille. J'admirais énormément sa finesse, sa bienveillance naturelle et son dévouement dans son métier.

— Merci, Esperanza, dit Gabriel dont la voix se brise.

Assise à côté de lui, Naomi renifle doucement, accrochée à son bras pour le réconforter.

— Qui est le salaud qui a pu faire ça ? demande-t-il.

— C'est une honte de s'attaquer à une femme si bonne qui a passé sa vie au service des autres ! À l'hôpital, elle ne comptait pas ses heures, dit Esperanza en se mouchant. Je ne sais pas qui a fait ça, Laura, mais je te promets qu'on va arrêter le coupable et qu'il va payer.

Le téléphone de la jeune fille sonne. Elle essuie ses yeux et regarde l'écran.

— Oh non, dit-elle en le reposant. C'est Jane Ortiz.

Gabriel consulte son portable.

— J'ai également un message d'elle.

Il clique dessus.

— Elle veut m'interviewer. Elle ne perd pas de temps !

— Il faudrait peut-être faire un communiqué.

— Vous avez raison, Esperanza.

Il se connecte aux réseaux sociaux et demande instamment à ce que leur douleur soit respectée dans ce moment particulièrement difficile.

19

LUNDI 13 OCTOBRE

MATIN

Coincé dans les embouteillages, Paul Demota est d'humeur morose. Il a beau être habitué à apporter de mauvaises nouvelles, avant d'être un flic, il est un être humain comme les autres et la détresse de la famille de Cristina Mandoza l'a bouleversé.

Hier, lorsqu'il a pris congé, Esperanza lui a dit : « Capitaine, retrouvez le coupable. Je vous en supplie, vous êtes notre seul espoir ». Depuis, ces mots le travaillent, car sa vie professionnelle doit être orientée vers la recherche de solutions. Or, pour l'instant, il n'a aucune piste.

À peine est-il arrivé au travail que la commissaire lui demande de venir la voir pour faire le point sur l'ensemble des affaires en cours. Les réponses qu'elle obtient ne semblent pas la satisfaire et elle repousse sans arrêt les mèches blondes qui tombent sur son front, signe chez elle d'une profonde irritation.

— Bon, Demota, ce n'est pas très brillant. Il faut aller plus vite et obtenir des résultats. Par exemple, concernant les Mandoza, où en es-tu de l'enquête ? dit Linda Cooper.

— On n'a pas beaucoup avancé.

— Maintenant qu'on sait que la femme a été assassinée, as-tu des pistes ?

— Rien de très sérieux.

— Je voudrais que tu te concentres sur tes gros dossiers avec Elsa. On a la pression. On est à quelques mois seulement de l'élection présidentielle. Le président Sandoval veut afficher le meilleur bilan possible concernant la sécurité du pays et, plus particulièrement, la criminalité. Quant à Robert Tormez, son principal opposant, comme il est le maire de cette ville, il souhaite obtenir des résultats rapides sur les affaires de notre région pour pouvoir se faire élire. En résumé, tous les yeux sont braqués sur toi, que ce soit dans le palais présidentiel de Temaco City ou à l'hôtel de ville de Tiguas. Je veux pouvoir leur dire que les enquêtes aboutissent, dès que possible.

— C'est compris, dit Paul Demota en se levant.

De retour à son bureau, il se plonge dans la lecture des documents saisis au domicile des Mandoza, lors de la perquisition.

— Tu as l'air très concentré ! dit Elsa en arrivant.

— Oui, je me suis fait remonter les bretelles ! Il faut qu'on ait des résultats rapidement. Concernant l'affaire de Cristina et Bernardo Mandoza, je pense qu'il faut tout reprendre depuis le début.

Elsa étale sur sa table tous les éléments dont ils disposent.

— Il y a les auditions de la famille que tu as menées et celles que j'ai conduites auprès de leurs collègues et de leurs amis.

— As-tu entendu des choses intéressantes ? demande-t-il.

— Rien de significatif. Et toi ?

— Moi non plus. Qu'avons-nous d'autre ?

— Voici la liste de tout ce qui est en notre possession.

Il attrape la feuille qu'elle lui tend.

— Tu es très organisée, Elsa, c'est bien. Tu iras loin.

Il lit rapidement.

— Parfait. J'aimerais que tu demandes à la police scientifique d'analyser la voiture des Mandoza. Ensuite, relance le département informatique pour savoir s'ils ont réussi à accéder au contenu des ordinateurs des Mandoza. Vois également avec eux s'ils peuvent exploiter le téléphone portable que l'on a retrouvé dans la poche de la femme. Il faut également que leur banque nous fournisse, au plus vite, les soldes et les mouvements de leurs comptes.

Elsa prend scrupuleusement des notes. Elle est visiblement ravie que Paul Demota lui confie des responsabilités.

— De mon côté, je vais finir de consulter les documents qui ont été saisis chez eux, dit-il. Mais, je vais d'abord analyser notre base de données pour voir si ce meurtre correspond au mode opératoire d'un criminel déjà fiché.

Le capitaine fait une recherche sur les affaires similaires ayant eu lieu dans la région, ces dernières années, mais il ne trouve pas grand-chose. Il finit par tomber sur le dossier de Carlos Lorca. Malheureusement, ça ne peut pas être lui, car il a été condamné à la prison à vie, il y a une vingtaine d'années. Paul Demota clique, tout de même, sur son nom afin de consulter le détail de sa fiche. Il la parcourt en diagonale et sursaute en lisant la fin.

Après en avoir référé à la commissaire, il roule en direction du domicile de Carlos Lorca. À près de cinquante ans, celui-ci vit chez sa mère à la suite de sa libération. Au bout d'une heure, le capitaine quitte la nationale pour prendre des petites routes de campagne, plus cabossées les unes que les autres. Il maugrée à chaque nid de poule tant ses amortisseurs sont sollicités. À ce régime-là, la voiture risque de rendre l'âme.

Il s'arrête à un carrefour et tapote nerveusement du bout des doigts sur le volant. Il n'a aucune idée de la direction dans laquelle il doit aller et il semblerait que le vieux GPS n'en sache pas davantage. Après avoir tourné et retourné dans tous les sens, il décide de revenir dans le dernier village qu'il vient de traverser.

Il n'y a pas âme qui vive et, après avoir bien cherché, il finit par trouver un tout petit restaurant. Le lieu est simple, voire vétuste. Sur le sol un peu sale sont posées des tables et des chaises en plastique. Un homme, au teint mat et luisant, chemise à carreaux et ceinturon mexicain, dévore des tacos. Réalisant qu'il n'a pas encore déjeuné, Paul Demota s'approche du comptoir et attrape un menu plastifié et poisseux. Il commande des *tamales*. La serveuse, gironde, porte un tablier bariolé. Ses cheveux noirs et brillants sont séparés en deux par une raie et forment une épaisse natte dans son dos. Tandis qu'elle cuisine, le capitaine en profite pour engager la conversation.

— Pourriez-vous m'indiquer la route de Texeda ?

— Euh…

Il voit, tout de suite, dans son regard qu'elle n'en a pas la moindre idée.

— Quand vous repartez, prenez à droite. Ensuite, continuez toujours tout droit. Puis, ce sera indiqué.

Il la remercie, paie, attrape son assiette et va s'asseoir, à l'écart, à côté de l'unique client. Dès la première bouchée, il constate avec plaisir que la femme a de réels talents de cuisinière. Ces *tamales* faits avec du poulet, de la sauce de tomates vertes et enveloppés dans des feuilles de maïs lui rappellent ceux de sa mère. Le convive à côté de lui a fini de manger et s'apprête à partir.

— Pardon, quel est le meilleur itinéraire pour se rendre à Texeda ? lui demande Paul Demota.

— En sortant, tournez à gauche. Au croisement, prenez, de nouveau, à gauche. Puis, empruntez le premier chemin sur votre droite et la route sera au bout.

Une fois, son assiette terminée, le capitaine reprend le volant. Son voisin de table avait raison et il arrive rapidement sur place. Ce n'est pas étonnant qu'il ait eu du mal à trouver ce lieu-dit, car il n'y a qu'une maison isolée en face de lui. Elle est extrêmement modeste. Il n'y a pas de jardin autour, juste de la terre et quelques cactus chandeliers. Dans ce coin, il n'a pas plu depuis longtemps et le sol, très sec, fait beaucoup de poussière. En entendant le bruit de sa voiture, une vieille femme ratatinée sort de chez elle. Paul Demota arrête son véhicule, en coupe le contact et va à sa rencontre.

— Vous êtes Madame Lorca ?

— Ouais.

— Bonjour Madame. Capitaine Demota. Votre fils serait-il là ?

— Non. Qu'est-ce que vous lui voulez ?

Le ton est franchement hostile.

— J'aimerais lui poser quelques questions.

— Fichez-lui la paix. Vous ne croyez pas qu'il a suffisamment payé ?

Paul Demota baisse les yeux devant cette femme blessée.

— C'est juste la routine.

— Oui, ça commence comme ça et on sait où ça mène.

Elle est coriace, la vieille.

— Vous pouvez peut-être me dire quand il va revenir.

— Pour l'instant, il n'a pas prévu de revenir.

— Où pourrais-je le trouver ?

— En bas de la colline, de l'autre côté du village. Pourquoi le cherchez-vous ?

— Je ne peux pas vous le dire, mais….

— C'est pour l'affaire du couple disparu ? Ceux qu'on voit à la télé ?

Perspicace, la vieille. Paul Demota capitule devant cette mère qui défend son enfant envers et contre tout.

— Oui, c'est juste…

— Il y a un couple qui disparaît et vous vous dites, c'est forcément la faute de ce salaud de Carlos Lorca.

— Non, Madame, il ne s'agit que de quelques questions et….

— C'est tellement plus facile d'accuser des innocents plutôt que de faire son boulot.

Ses yeux lancent des éclairs. Paul Demota mesure la souffrance de cette veuve solitaire dont le fils unique a passé la majeure partie de sa vie en prison. Il sent sa haine de la police qui a éloigné d'elle ce qu'elle a de plus cher.

— Vous me le prendriez bien une seconde fois, n'est-ce pas ? Comme ça, vous pourriez classer l'affaire. Peut-être même, recevoir des félicitations pour la rapidité avec laquelle vous avez conduit l'enquête.

Elle semble décidée à déverser sur lui toute la rage qu'elle a accumulée pendant des années.

— Coupable un jour, coupable toujours, c'est ça ?

— Non, pas du tout et...

— On n'a jamais suffisamment payé avec vous. Il n'y a pas de droit à l'oubli ?

La patience de Paul Demota commence à s'émousser.

— Où puis-je le trouver ?

— 335, Avenida del Mar.

— Il est là-bas, en ce moment ?

— Oui.

— Je vous remercie, Madame.

— Je vous en prie, Capitaine. Je suis sûr qu'il sera ravi de vous voir. Ça lui fera de la visite.

Tandis qu'elle parle, il a entré l'adresse dans son téléphone pour savoir comment s'y rendre et à quelle distance cela se trouve. Lorsqu'il relève la tête, elle le regarde avec un sourire en coin.

— Avez-vous trouvé ?

Il consulte de nouveau son portable.

— Euh, il doit y avoir une erreur, ça correspond à un cimetière.

Le regard de Madame Lorca devient glacial.

— Non, c'est bien ça. Il repose aux côtés de son père, dans la troisième allée à droite. Il a été libéré de prison, l'année dernière, pour raisons médicales et il est décédé, il y a six mois, d'un cancer généralisé. Désolée, Capitaine, mais il va falloir que vous trouviez un autre coupable.

20

LUNDI 13 OCTOBRE

APRÈS-MIDI

Dans la salle d'attente de l'Institut Médico-Légal de Tiguas, Laura est assise entre sa grand-mère et son oncle.

Depuis hier, elle n'a pratiquement pas dormi et elle a très peu mangé. L'esprit embué et les jambes en coton, elle se sent dans une espèce d'état second. Elle ne peut pas croire que sa mère est décédée et une foule de questions l'assaillent. Pourquoi elle ? Pourquoi maintenant ? Pourquoi de cette façon horrible ? Qui a pu faire ça ?

Elle se demande si elle aurait pu faire quelque chose pour éviter ce drame. Le 1er octobre dernier, aurait-elle dû quitter le centre commercial et aller voir chez ses parents si sa mère était là ? À ce moment-là, aurait-elle pu éviter sa disparition ? Aurait-elle dû prévenir directement la Police et gagner ainsi des heures précieuses ? Si elle avait été plus réactive, sa mère serait sûrement auprès d'elle aujourd'hui.

Mais, après tout, c'est peut-être une erreur et, tout à l'heure, elle va réaliser qu'il s'agit d'une autre femme. Le médecin légiste a très bien pu se tromper. Ce ne serait pas étonnant puisqu'il n'a jamais vu sa mère.

Un homme s'approche d'eux. Il s'excuse de les avoir fait

attendre et les invite à le suivre. Ils avancent dans un long couloir qui est particulièrement lugubre puis il ouvre une porte sur la droite.

— Mon Dieu, je vous en prie, faites que ce ne soit pas Maman, murmure Laura.

Elle s'avance avec son oncle et sa grand-mère dans un bureau. Tous deux marchent lentement, la tête légèrement penchée vers l'avant et les mains crispées l'une sur l'autre.

— Asseyez-vous, dit l'homme en leur désignant les chaises. Nous allons vous rendre les effets personnels de la défunte.

— On ne peut pas la voir ? demande Laura.

— Non, je suis vraiment désolé, Mademoiselle. Son décès remonte à plus de dix jours et euh... ce n'est donc pas souhaitable.

— Comment pouvez-vous être sûr que c'est elle, alors ?

— Le médecin légiste a fait un travail très méticuleux pour l'identifier. Vous trouverez ci-joint une copie de son rapport pour que vous soyez sûre qu'il s'agit bien de votre Maman, dit-il en faisant glisser une enveloppe sur le bureau.

Laura la fixe sans bouger. Voyant sa nièce sans réaction, Gabriel s'en saisit, l'ouvre, le lit puis relève la tête, les yeux plein de larmes.

— Nous avons quelques objets personnels que je vais vous montrer, reprend l'homme. Votre Maman les portait lorsque nous l'avons retrouvée.

Il sort deux sachets transparents qui contiennent respectivement une montre et un collier.

— Les reconnaissez-vous, Mademoiselle ?

La jeune fille attrape celui avec la montre et l'observe attentivement.

— Elle avait une montre, comme celle-là. Mais, j'imagine qu'il y a plein de femmes qui ont acheté la même.

Esperanza prend le plastique avec le collier et l'examine.

— C'est vrai que ce pendentif avec une perle de Tahiti

ressemble beaucoup à celui de Cristina, mais comment savoir si c'est le sien.

Laura l'observe à son tour et a l'impression que le sang quitte sa tête lorsqu'elle remarque qu'il manque un des quatre petits diamants, à l'emplacement exact de celui qu'avait perdu sa mère.

21

LUNDI 13 OCTOBRE

SOIR

Dès qu'elle a appris le décès de Cristina Mandoza, Cintia a envoyé un message à Laura et à sa grand-mère pour leur présenter ses condoléances. Elle aurait sûrement dû les appeler, mais elle n'a pas eu le courage d'affronter leur détresse. Même si elle sait qu'elle n'y peut rien, elle culpabilise de ne pas avoir pu les aider. Depuis, elle s'investit énormément dans l'association de Recherche des Disparus de Tiguas pour oublier cet échec. Aussi, lorsqu'Arturo lui a proposé de sortir, elle a immédiatement accepté pour se changer les idées et lui a proposé de passer le chercher.

Cintia et Arturo sortent de l'appartement de ce dernier pour aller dîner. Ils descendent les marches devant l'immeuble quand un homme ouvre la portière d'une voiture et s'approche d'un pas vif. Tatoué sur les bras, le cou et même le visage, il a le regard particulièrement mauvais. Cintia sent la main d'Arturo se contracter sur la sienne.

— T'as du retard !

Cintia a rarement vu quelqu'un d'aussi agressif.

— Big Joe est furieux.

— Dis-lui que j'ai besoin d'un peu de temps.

— Il n'a pas confiance en toi. Il te donne deux jours.

Comment Arturo, d'habitude si fier, peut-il se laisser marcher sur les pieds par cet excité ? Il n'a qu'à l'envoyer bouler. Quand on est un graphiste de talent comme lui, on peut se permettre le luxe de choisir ses clients. Pourquoi l'autorise-t-il à lui parler de la sorte ?

— Euh, ça fait un peu juste.

— Tu connais, Big Joe : il vaut mieux ne pas l'énerver. Ce ne serait pas très bon pour toi.

Arturo a perdu de sa superbe. Voûté, il transpire légèrement.

— Tu as deux jours.

Cintia lit de la crainte dans le regard d'Arturo qui se met à tousser. L'autre tourne les talons et remonte à l'avant de la voiture qui s'en va. Cintia suit le véhicule des yeux en se demandant si elle n'a pas rêvé de la scène qu'elle vient de voir tant l'échange lui a semblé surréaliste. À côté d'elle, Arturo, très pâle, ne dit rien.

— Qui était-ce ?

— Oh, ce n'est rien.

— Comment ça, ce n'est rien. Il t'a menacé. Qui est ce type ? Qui est Big Joe ?

— Un client.

— C'est un drôle de nom, Big Joe. Ils sont tous aussi agressifs ?

— Non, heureusement.

— C'est lui qui te menace au téléphone ou c'est un autre ?

— Non, c'est lui.

— Rends-lui son argent et laisse-le tomber. Ça lui fera les pieds. Ça ne se fait pas de parler aux gens comme ça.

Cintia tourne la tête vers Arturo pour chercher son approbation, mais il semble figé par la peur.

Au cours de leur dîner, Arturo a mis beaucoup de temps à se détendre et Cintia a remarqué que, dès que leur conversation s'arrêtait, ses pensées repartaient ailleurs. Elle a alors fait tout ce qu'elle pouvait pour lui changer les idées et le faire rire. Peu à peu, il s'est décontracté et il s'est montré attentif, patient et à l'écoute, ce qui est très flatteur. À la fin du repas, elle n'a donc pas envie que la soirée s'arrête déjà et qu'Arturo la raccompagne chez elle.

— Ça te dirait d'aller en boîte ?

Il la regarde, un peu étonné.

— En boîte ?

— Oui. Enfin, tu n'aimes peut-être pas danser.

Il marque une pause.

— Ça fait tellement longtemps. Je suis incapable de me souvenir à quand remonte ma dernière sortie en boîte !

Elle se demande si elle a bien fait de lui poser la question. C'est dans ces moments-là que leur différence d'âge risque de poser un problème. C'est sûr que si elle avait pu trouver le même homme avec dix ans de moins, ça aurait certainement été mieux. Mais, voilà, elle ne l'a pas rencontré et…

— D'accord.

Elle est brusquement tirée de ses pensées.

— Quoi ?

— D'accord pour aller danser.

— C'est vrai ?

Il tousse puis la regarde droit dans les yeux.

— Oui, c'est une très bonne idée.

Elle a choisi une boîte qui passe, essentiellement, de la salsa et de la Bachata. C'est un genre de musique qui peut facilement permettre un éventuel rapprochement physique. Elle veut qu'Arturo se sente en confiance pour aller plus loin dans leur relation.

Dans la discothèque, les gens ont l'air d'avoir entre vingt-cinq et quarante ans, ce qui correspond à peu près à leur tranche d'âge. De plus, comme elle n'est jamais venue là, elle ne risque pas de se trouver face à un ancien amant, ce qui serait très inconfortable. Si elle croisait, par exemple, ce lourdaud de Bobby, elle serait très gênée, car il n'a pas la classe d'Arturo.

Ils vont sur la piste et se mettent à danser. Elle est ravie de voir qu'il a le sens du rythme et qu'il aime s'amuser. Décidément, c'est vraiment l'homme parfait.

D'après Natalia, cette boîte est idéale pour se rapprocher, car le DJ commence par la salsa puis il enchaîne sur la Bachata et termine avec la Bachata Sensual. Comme ça, si Arturo est un peu prude ou s'il ne souhaite pas aller trop vite, il pourra toujours s'arrêter. Si, au contraire, il a envie de passer à la vitesse supérieure, il pourra le montrer.

Au début, elle a craint d'effrayer Arturo et de lui paraître trop entreprenante en suggérant ce lieu. Mais, plus le temps s'écoule, plus il s'enhardit. Au départ, ils dansaient loin l'un de l'autre. Arturo était un peu gêné puis il a pris confiance en lui et ils se sont rapprochés. Ils sont maintenant collés ensemble et ondulent en rythme. Ils s'amusent comme deux adolescents et exagèrent volontairement leurs mouvements pour les rendre encore plus sensuels. C'est un jeu pour donner le change par rapport aux autres couples très à l'aise et très démonstratifs sur la piste de danse.

Peu à peu, leur connivence devient très physique et leurs déhanchements prononcés et extrêmement suggestifs leur donnent envie d'aller toujours plus loin. La proximité du corps d'Arturo avec le sien tourne la tête de Cintia. Il s'est mis à la serrer fort contre lui et à la regarder avec une intensité qui lui déclenche des frissons d'excitation tout le long de la colonne vertébrale. La main d'Arturo au départ sagement posée sur ses côtes la caresse maintenant jusqu'au creux des reins.

De son côté, Cintia accentue le mouvement de ses hanches qui se fait de plus en plus lascif et lorsqu'elle fait demi-tour sur elle-même, elle frotte longuement le bas-ventre d'Arturo de sa croupe généreuse. Le trouble qui grandit dans les yeux d'Arturo et ses gestes qui se font osés l'incitent à continuer. Lorsque la chanson s'arrête, il la regarde, approche son visage du sien et l'embrasse sur les lèvres. Ce baiser, sage et prudent au début, devient fougueux. Cintia ferme les yeux pour mieux s'abandonner. Leurs bouches se scellent et leurs langues s'emmêlent, se caressent langoureusement. La musique repart et les couples autour d'eux se remettent à danser. Mais, Arturo et Cintia sont seuls au monde. Enlacés, ils se découvrent lentement, longuement. Il la serre contre lui et son anatomie ne laisse aucun doute sur ses intentions.

— Arturo, j'aimerais rentrer.

— Tu es fatiguée ? dit-il, d'un air déçu.

— Non. Je voudrais être seule avec toi.

Lorsque Cintia se réveille, le lendemain matin, elle se sent merveilleusement bien. Elle remonte le drap sur son corps nu et referme les yeux pour repenser à la nuit qu'elle vient de passer. Des images lui reviennent en tête. Arturo et elle sont rentrés jusqu'à son appartement. Elle lui a offert un verre dans le salon, mais il en a bu à peine une gorgée. Il s'est approché d'elle et l'a embrassée. Ils ont roulé dans le canapé, puis ils se sont effeuillés et ont fait l'amour passionnément. Quelle nuit ! Cintia se retourne doucement pour ne pas réveiller Arturo. Les draps sont froissés, l'oreiller est aplati, mais la place à côté d'elle est vide. Serait-il parti ? Sans rien dire ? Comme un voleur ? Son estomac se tord en se rappelant que cela lui est déjà arrivé. Elle passe un déshabillé et se rend dans la cuisine. Personne non plus. Ce n'est pas possible. Serait-ce un salaud ? La porte d'entrée claque, des bras lui enlacent la taille et une bouche lui chatouille le cou.

— Bonjour, ma beauté.

Arturo ! Elle ferme les yeux et se laisse aller, appuyée sur son épaule.

— J'ai été à la boulangerie acheter des brioches mexicaines, dit-il.

22

MARDI 14 OCTOBRE

Paul Demota est assis face à l'oncle de Laura qu'il a, de nouveau, convoqué.

— Monsieur Duarten, la dernière fois que nous nous sommes parlé, nous avions évoqué une dispute entre vous et Bernardo Mandoza. Vous souvenez-vous de son objet ?

— Non, je vous l'ai dit.

— Est-ce que ça concernait les dix mille dollars que vous a prêtés votre sœur et que vous ne lui avez toujours pas rendus ?

— Qui vous a dit ça ?

Le capitaine fait glisser une feuille sur la table.

— Nous avons trouvé dans les papiers de Cristina Mandoza la reconnaissance de dettes que vous lui avez signée.

Gabriel Duarten a les jambes agitées de spasmes nerveux.

— Euh, c'est vrai qu'à un moment donné, j'ai fait n'importe quoi et j'ai demandé à Cristina de m'aider. Mais, je lui ai déjà remboursé trois mille dollars et je lui ai promis que je lui rendrais le reste. Mais, pour le moment, je ne peux pas. Ça coûte cher d'avoir un bébé. Il a fallu déménager, acheter un lit et une poussette. Et maintenant, il lui faut des habits, du lait et des couches. On s'en sort à peine financièrement.

Le capitaine plante ses yeux dans ceux de Gabriel.

— On pourrait envisager le scénario suivant. Bernardo Mandoza vous fait venir à son domicile pour exiger le remboursement. Vous refusez et il vous menace. Vous vous battez, une nouvelle fois, et votre sœur s'interpose encore. Vous vous défendez et vous les tuez accidentellement tous les deux. Qu'en dites-vous ?

— Quoi ? Mais, ça n'a aucun sens. Je vous jure que je ne les ai pas tués.

— Où étiez-vous au moment de leur disparition ?

— Au travail.

— Non, ce jour-là, vous n'y êtes allé que l'après-midi. Où étiez-vous avant ?

— J'étais malade pendant la nuit. Je suis donc resté me reposer, le matin.

— Votre compagne pourrait-elle nous indiquer à quelle heure vous avez quitté votre domicile ?

— Non, elle était déjà partie au bureau depuis longtemps.

Paul Demota prend l'air embarrassé et soupire à plusieurs reprises. Sa stratégie est payante, car, en face de lui, Gabriel est de plus en plus nerveux. Il triture ses cheveux, se frotte le visage tandis que ses jambes sont agitées par des soubresauts incessants.

— Vous vous rendez compte que vous n'avez pas d'alibi alors que vous étiez en conflit ouvert avec votre beau-frère.

Gabriel Duarten s'essuie les mains sur ses cuisses.

— Je n'ai rien fait. C'est vrai que je leur devais de l'argent depuis longtemps et que Bernardo avait peur que je ne les rembourse jamais. C'est pour ça qu'on s'est disputés, lors du dernier dîner de famille. On a le sang chaud, tous les deux. Mais, je vous jure que je ne les ai pas vus, le matin de leur disparition.

— Pour ce jour-là, il y a donc deux possibilités. Première hypothèse, vous frappez Bernardo Mandoza et vous le tuez. Vous demandez à votre sœur de vous aider à cacher ce meurtre. Elle refuse et veut prévenir la Police. Vous vous disputez et vous la tuez pour ne pas gâcher votre bonheur tout neuf avec Naomi et Yago. Ou alors, deuxième hypothèse, vous vous battez avec Bernardo. Cristina intervient pour vous séparer. Dans la bagarre, vous la tuez accidentellement. Fou de douleur, Bernardo se jette sur vous. Vous êtes obligé de le tuer pour éviter qu'il vous dénonce. Après, vous mettez les corps dans leur voiture et vous les conduisez au Pont des Suicidés. Là, vous vous débarrassez d'eux et vous cachez le véhicule pour qu'on le retrouve le plus tard possible. Puis, vous marchez le long de la route jusqu'à trouver un bus qui vous ramène à Tiguas. Dans les deux cas, vous arrivez au bureau en début d'après-midi.

L'oncle de Laura est blême.

— Mais non. Vous m'imaginez tuant ma sœur ?

— Vous ne seriez pas le premier. Et Bernardo, vous l'avez tué ?

— Mais, non.

— Vous ne l'aimiez pourtant pas.

— C'est vrai. Mais, il ne mérite pas que je passe toute ma vie en prison à cause de lui.

— Oui, mais voilà, vous avez un mobile et pas d'alibi.

— Et vous, vous n'avez aucune preuve.

Paul Demota ouvre la pochette qui est devant lui.

— Votre compagne et des collègues ont remarqué, ce jour-là, que vous aviez une blessure au visage.

La bouche de Gabriel Duarten se tord.

— Je me suis levé au milieu de la nuit sans allumer pour ne pas réveiller Naomi et je me suis cogné.

— Mais, elle ne l'a constaté que le soir. Pourquoi n'a-t-elle rien vu le matin ?

— Parce que je ne me suis pas levé, j'étais trop fatigué.

— Ou alors, parce que vous vous foutez de moi.

L'oncle de Laura se mure dans le silence.

— Monsieur Duarten, je vous place en garde à vue et nous

allons, tout de suite, vous faire des prélèvements ADN, comme nous y oblige la loi du Costan.

Le cercueil scellé de Cristina Mandoza a été rendu à sa famille. Esperanza l'a fait installer dans la chambre du rez-de-chaussée dont elle a tiré les rideaux. Il est entouré de deux grands vases de fleurs et, sur les tables de nuit, elle a disposé des bougies.

La presse ayant fait ses gros titres sur « La noyée de Tiguas » puis ayant révélé son identité, le portable de Laura n'arrête pas de sonner. Elle répond à tous les appels, à toutes les questions et répète en boucle, toute la journée, ce qu'il s'est passé, aux collègues et aux amis de sa mère ainsi qu'aux membres de sa famille lointaine. C'est éprouvant pour elle de revivre tous les détails de ce qui est arrivé à chaque coup de fil.

Entre deux communications, sa grand-mère lui fait signer des papiers et lui demande ses préférences pour la cérémonie. La jeune fille qui dort à peine et mange peu répond par monosyllabes.

À intervalles réguliers, on sonne à la porte. Ce sont les personnes qu'elle a eues au téléphone qui viennent maintenant se recueillir auprès de la dépouille de sa mère. Alors qu'elle essaie de reprendre pied, ces visiteurs qui craquent devant elle la refont plonger dans un abîme de désespoir et de noirceur.

Laura n'est pas prête à assumer toutes ces responsabilités et elle se demande pourquoi son oncle ne vient pas l'aider. Elle a essayé de le joindre, à plusieurs reprises, mais il ne répond pas. Heureusement, sa grand-mère est là pour la soutenir et la guider.

En fin de journée, les coups de téléphone et les visites s'espacent et le calme revient, peu à peu, dans la maison. L'enterrement ayant lieu, le lendemain, il y a encore beaucoup de décisions à prendre et Esperanza demande son avis à sa petite-fille pour les plus importantes d'entre elles. Puis, souhaitant écrire un texte pour rendre hommage à sa mère, la jeune fille va s'asseoir dans la chambre et pose sa main sur le cercueil. Elle lui parle longuement, lui dit au revoir puis les mots jaillissent.

Ma chère petite Maman,

Pendant près de deux semaines, je t'ai cherchée, en vain. Je te demande pardon de ne pas t'avoir retrouvée plus tôt, car tu as dû te sentir abandonnée, seule dans le fleuve Laredo. Je te demande également pardon de pas avoir encore retrouvé Papa mais je te promets que je n'arrêterai pas de le chercher.

Lorsque nous avons échangé des messages, le 30 septembre dernier, je ne savais pas que je ne te reverrais plus jamais. Si je l'avais su, j'aurais accouru pour te serrer dans mes bras. Peut-être que ma présence aurait suffi à éviter ta disparition et le sort que tu as subi. Je regrette de ne pas l'avoir fait et je te promets solennellement de tout faire pour que justice soit faite.

Tu avais à peine quarante-sept ans quand tu es partie. C'est beaucoup trop tôt et je sais qu'il te restait encore plein de choses à vivre. Des choses que je voulais vivre avec toi et que nous aurions pu faire ensemble. Toutes ces choses, je vais les faire maintenant, en ta mémoire. Tu seras toujours dans mon cœur.

Je t'aime, ma petite Maman chérie.

23

MERCREDI 15 OCTOBRE

Ce matin, au cours de la cérémonie, Laura a réussi à parler devant tout le monde de la vie personnelle et professionnelle de sa mère ainsi que de ce qu'elle ressentait pour elle. La jeune fille s'est sentie très fière, car cet hommage était important pour elle.

Puis, à l'issue de la cérémonie, elle est retournée chez sa grand-mère, dans la chambre qui abritait le cercueil de sa mère. La pièce est désormais vide, même les fleurs et les bougies sont maintenant au cimetière. Laura ressent physiquement en elle ce vide, ce manque profond, cette sensation d'abandon qui la ronge de l'intérieur. Elle était proche de sa mère et a l'impression qu'une partie d'elle-même s'est envolée avec elle.

Maintenant, qui va-t-elle appeler pour confier ses joies et ses peines ou pour demander un conseil ? Que va-t-elle devenir ? Ce qui lui fait le plus de mal est qu'elle n'a même pas pu la revoir, une dernière fois. Elle donnerait n'importe quoi pour revenir en arrière, revivre leurs moments joyeux et entendre de nouveau sa voix.

— Ma petite Maman, tu seras toujours dans mon cœur et je

ne t'oublierai jamais. Je vais tout faire pour que tu sois fière de moi.

Après avoir assisté à l'enterrement de Cristina Mandoza, Cintia a acheté une bonne bouteille de vin pour remonter le moral à Arturo. Il a beau le masquer, elle sent bien que les menaces qu'il subit l'inquiètent au plus haut point. Elle a donc décidé de venir déjeuner avec lui.

Lorsqu'elle arrive devant la porte de l'appartement de son amant, elle est entrouverte et des gémissements lui parviennent. Elle se précipite à l'intérieur et voit Arturo couché par terre. Elle s'agenouille près de lui tandis qu'il continue à geindre en se tenant l'abdomen. Elle l'aide à se relever et l'accompagne jusqu'au lit. Il a la pommette droite tuméfiée et l'arcade sourcilière ouverte.

— As-tu quelque chose de cassé ?

— Je ne pense pas.

— Veux-tu que j'appelle un médecin ?

— Non, ça va aller.

Elle va dans la salle de bains.

— Je vais désinfecter les plaies.

Arturo se laisse faire en grimaçant dès qu'elle appuie un peu trop fort.

— Ce sont les mêmes types que la dernière fois ?

— Oui.

— Qu'est-ce qu'ils veulent ?

— Que je termine leur site Web.

Cintia ne le croit pas. On ne passe pas à tabac un graphiste parce qu'il est en retard sur un projet. En plus, elle a vu ces hommes et ils ne ressemblent pas à des entrepreneurs. Avec leurs tatouages sur le visage, ils ont plutôt l'air d'être des membres d'un gang ou des assassins. Que lui veulent-ils ? Arturo a-t-il vu ou sait-il quelque chose ? Leur doit-il de l'argent ? Pourquoi sont-ils passés de l'intimidation, aux menaces et finalement aux coups ? Qui est ce Big Joe dont ils ont parlé ? Ont-ils eu ce qu'ils cherchaient ? Ou… Cintia frissonne. Est-ce un dernier avertissement ? Seraient-ils capables de le tuer ? Elle sait qu'Arturo ne lui dit pas la vérité, mais elle n'ose pas lui poser de questions, car elle voit qu'il est terrorisé.

— Il faut que tu fasses une déclaration à la Police.

— Non, ce n'est pas la peine.

— Je comprends que ça te gêne, mais ces types sont dangereux. Si tu ne leur donnes pas ce qu'ils veulent, ils risquent de te tuer.

— Et qu'est-ce que tu crois qu'ils feront s'ils apprennent que je les ai dénoncés ?

Cette phrase glace Cintia qui se met à réfléchir à toute allure pour trouver comment aider son amant.

— Il faut absolument que tu quittes cet appartement avant qu'ils reviennent. Si tu veux, en attendant d'en trouver un autre, tu peux t'installer chez moi.

Il se redresse en grimaçant de douleur.

— C'est très gentil, Cintia, mais ils nous ont vus ensemble.

— Et alors ?

— Je suis sûr qu'ils connaissent maintenant ton nom et qu'ils savent où tu travailles et où tu habites.

— Quel est l'intérêt pour eux ?

— Ils peuvent faire pression sur moi en te menaçant.

Cintia frémit en repensant au visage patibulaire de l'homme qu'elle a vu.

— Je suis vraiment désolé, dit-il en la serrant contre lui.

— Il faut que tu préviennes la Police.

— J'ai une meilleure idée, dit Arturo, les yeux brillants. Et si on partait ?

— Quoi ?

— Et si on partait au Mexique ?

Cintia se demande si Arturo est sérieux ou si c'est juste la peur qui le fait parler.

— Pour moi, ce ne serait pas un problème, parce que, dans mon métier, je peux travailler à distance.

Elle est certaine qu'en acceptant, ils échapperaient à ces types qui les poursuivent.

— Et pour toi, ce serait très bien. Tes parents vivent là-bas, tu pourrais te rapprocher d'eux et ouvrir ton propre salon de coiffure.

Arturo a raison : ce serait beaucoup moins coûteux que sur l'île du Costan.

— Et puis, on pourrait s'installer ensemble, dit-il en la regardant intensément.

Cintia hésite.

— Tu n'as pas envie de vivre avec moi, c'est ça ?

— Si, mais ça fait tellement peu de temps qu'on est ensemble.

Arturo plonge ses yeux dans ceux de sa compagne.

— C'est vrai. Mais, j'ai eu le coup de foudre dès que je t'ai vue. Toi et moi, c'est comme une évidence. Depuis le temps que je cherche la femme de ma vie, je ne veux pas perdre de temps, la vie est trop courte. Je t'aime, Cintia, et je ne veux pas qu'ils te fassent du mal.

Ces mots lui vont droit au cœur. C'est la première fois qu'un homme lui fait une telle déclaration. Pour elle aussi, leur relation est une évidence. Elle doit bien se l'avouer, il la fait craquer avec toutes ses attentions et elle est tombée amoureuse de lui. Mais, c'est tellement précipité. Ça ne fait que quelques jours qu'ils sont ensemble. Ce ne sont peut-être que des paroles en l'air et elle ne doit pas s'emballer pour ne pas être déçue.

Cela dit, Big Joe et ses hommes ont l'air particulièrement tenaces et sans scrupules. Il est certain que si Arturo part seul, c'est à elle qu'ils viendront demander des comptes. Finalement, elle n'a peut-être pas vraiment le choix…

Et puis, que risque-t-elle à essayer ? Pas grand-chose, en fin de compte. Au pire, si cela ne marche pas, ni sur le plan personnel ni sur le plan professionnel, elle aura, tout de même, la satisfaction d'avoir tenté sa chance. Et surtout, elle sera en sécurité.

Arturo court vers sa sacoche, fouille à l'intérieur puis revient vers elle, en toussant.

— J'avais imaginé quelque chose de plus romantique, mais j'aime être spontané et te surprendre.

Il s'assied à côté d'elle et lui tend un écrin. Elle le prend, l'ouvre et découvre, sur un petit coussin en velours noir, une chaîne en argent et un joli pendentif en forme de cœur.

— Cintia, veux-tu être heureuse, tout envoyer valser et t'installer au Mexique avec moi ?

— Oui, dit-elle, les larmes aux yeux.

Il lui accroche le bijou autour du cou et l'embrasse avec fougue.

En attendant le bus pour aller travailler, Cintia se regarde dans la glace d'un magasin. Elle examine son collier avec discrétion pour ne pas attirer l'attention sur son trésor. Les mailles sont gracieuses, ni trop fines, ni trop épaisses. Elle s'amuse à bouger la tête pour jouer avec les rayons du soleil et faire briller le cœur qui habille très joliment son décolleté.

Lorsqu'elle arrive au salon, elle salue Rita Cordero qui est à la caisse puis fonce vers le vestiaire des employés. Natalia, déjà en uniforme, s'affaire à ranger ses habits et son sac dans son casier.

— Bonjour, Natalia, dit Cintia avec un large sourire.

— Ben, dis donc, tu as l'air de bonne humeur, ce matin.

— Oui, regarde.

Cintia tend son cou vers son amie.

— C'est très joli, dit Natalia, en s'approchant pour mieux admirer le collier. C'est un cadeau d'Arturo ?

— Oui. On va s'installer ensemble, crie Cintia, incapable de cacher sa joie.

— Déjà ! Waouh, félicitations. Tu avais raison, c'est vraiment l'homme idéal.

Natalia la serre dans ses bras.

— Je suis super contente pour toi. Tu mérites d'être enfin heureuse.

Cintia sort ses affaires pour se mettre en tenue.

— Mais dis-moi, c'est totalement inattendu, dit son amie.

— C'est vrai. Tu sais quoi ?

— Non.

— Il m'a dit que j'étais la femme de sa vie.

— Non !

— Si ! Il m'a dit que ça fait peu de temps qu'on est ensemble, mais qu'il a eu le coup de foudre. Si tu savais comme je suis heureuse.

La porte s'ouvre et Rita Cordero passe la tête dans l'entrebâillement.

— Cintia, votre rendez-vous est arrivé.

Après avoir installé Madame Valdez, Cintia lui fait son shampooing et son après-shampooing. Lorsqu'elle a terminé, elle amène sa cliente à son fauteuil et jubile d'avance en anticipant la surprise qu'elle va lui faire. Ça fait des années qu'elle supporte sans rien dire les réflexions de ses clientes les plus âgées. Elle en a assez de les écouter déblatérer sur la jeunesse dépravée et sur la volonté d'indépendance des femmes qui veulent travailler au lieu de fonder une famille et qui se lamentent ensuite d'être seules et sans enfants. Longtemps, elle a culpabilisé en se demandant si c'était effectivement de sa faute si elle ne trouvait pas l'homme de ses rêves.

— Je vous coiffe comme d'habitude, Madame Valdez ?

— Oui, ma petite Cintia.

Elle prend la brosse ronde et le sèche-cheveux et commence le brushing en faisant bien attention à ce que son collier soit visible dans le miroir. Mais, sa cliente est partie dans un de ces monologues qu'elle affectionne particulièrement. Elle est en train de vanter l'intelligence et la vivacité de ses petits-enfants. Elle a beau lever la tête de son magazine et regarder Cintia dans la glace en face d'elle, elle ne fixe que ses yeux et jamais son décolleté. Cintia enrage. Cette vieille taupe ne voit rien. À ce rythme-là, elle repartira sans rien remarquer. Cintia la laisse donc poursuivre sa litanie en espérant pouvoir enfin placer un mot. Mais, Madame Valdez enchaîne les phrases, ne faisant jamais une demi-seconde de pause. Elle s'arrête finalement, lassée peut-être de n'avoir que des grognements pour réponse. Cintia n'attend surtout pas qu'elle reprenne la parole et porte la main à son cou.

— Regardez, c'est un cadeau de mon petit-ami.

Madame Valdez fait pivoter son siège pour mieux voir le bijou.

— Il est très beau, Cintia. Je suis contente que vous ayez trouvé quelqu'un de bien.

En sortant du travail, Natalia a insisté pour prendre un verre avec Cintia.

— Alors, raconte-moi tout depuis le début, dit-elle à peine installée dans le café, en face du salon de coiffure.

— Arturo veut qu'on s'installe à Mexico, dès que possible. On a prévu de partir dimanche. J'ai demandé deux semaines de vacances à Rita. Après, je verrai ce que je fais.

Devant l'air étonné de Natalia, Cintia lui raconte son échange avec Arturo ainsi que les menaces et les coups qu'il a reçus.

— Je crois qu'Arturo devrait porter plainte, dit Natalia.

— T'es folle ! Si l'autre malade de Big Joe l'apprend, il va vouloir le tuer.

— Je n'avais pas pensé à ça…

Cintia prend un peu de guacamole.

— J'ai une idée, dit Natalia. Tu pourrais aller exposer le problème à la Police.

— Moi ?

— Ben oui. Les flics pourront alors poser quelques questions à Arturo. Mais, comme ce n'est pas lui qui aura fait la démarche, Big Joe ne pourra pas lui en vouloir.

— Tu crois ?

— Oui. Et après tu partiras au Mexique l'esprit tranquille.

Cintia hésite.

— Si tu ne les signales pas à la Police, ils vont continuer à menacer les gens en toute impunité.

Natalia se rapproche de Cintia qui reste silencieuse.

— Même si tu souhaites t'installer au Mexique, tu ne pourras pas rentrer dans deux semaines pour effectuer ton préavis au salon, puis rendre ton appartement et déménager. Arturo a raison : Big Joe sait sûrement qui tu es. Il va te guetter et te demander où il est. Il peut même te séquestrer pour l'obliger à revenir. Et tuer Arturo s'il ne lui donne pas ce qu'il veut.

Natalia serre la main de son amie dont les yeux se sont remplis de larmes.

— Regarde dans quel état tu es. Tu ne peux pas passer ton temps à avoir peur, à te cacher et à fuir. Si tu ne vas pas voir la Police, tu te le reprocheras toute ta vie.

24

JEUDI 16 OCTOBRE

Cintia a très mal dormi, car elle a passé une bonne partie de la nuit à penser à ce que lui a dit Natalia. Au petit matin, elle est sûre d'une chose : elle ne veut rien avoir à se reprocher.

Au moment d'aller travailler, elle embrasse Arturo et lui dit : « Dans un couple, on doit s'entraider et se protéger l'un l'autre. » « Oui, répond-il. Mais, pourquoi me dis-tu ça maintenant ? ». Elle se ravise de peur de le mettre en danger. « Pour rien, dit-elle, juste pour que tu saches que je t'aime ». Puis, elle dépose un baiser tendre sur ses lèvres et part alors qu'il entre sous la douche.

Arrivée devant le Commissariat Central de Tiguas, elle hésite avant d'entrer et fait les cent pas devant le bâtiment. Elle tente de se convaincre que sa démarche ne nuira pas à son amant. Si Arturo est convoqué par la Police et qu'il parle, Big Joe saura-t-il qu'il l'a dénoncé ? Si c'est le cas, Big Joe s'en prendra-t-il à Arturo ? Apercevant quelqu'un qui la regarde bizarrement, Cintia réalise que son comportement peut attirer l'attention. Elle se décide donc à entrer et s'approche du bureau d'accueil, son cœur tapant fort dans la poitrine.

— Bonjour, je suis ici, car mon compagnon est menacé.

— Oui, installez-vous, dans la salle au fond à gauche, quelqu'un va venir.

Cintia essaie la respiration synchronisée. Elle a vu ça sur Internet. Il paraît que souffler longuement finit par caler la respiration sur le rythme cardiaque et que ça permet de gérer son stress. Elle rouvre les yeux en entendant un bruit de pas qui approchent.

— Bonjour Madame. Paul Demota, suivez-moi.

Elle entre dans un bureau sombre et encombré de documents. Elle expose les faits au capitaine qui prend des notes avec sérieux et application.

— Pouvez-vous faire quelque chose ? demande-t-elle.

— Je vais voir. Donc, vous me dites Arturo Gamos. Pourriez-vous m'indiquer sa date et son lieu de naissance ainsi que son adresse ?

Lorsqu'il a fini de tout inscrire, Paul Demota se lève pour lui signifier que l'entretien est terminé.

— N'hésitez pas à m'appeler si autre chose vous revient à l'esprit, dit-il en lui tendant une carte.

— Surtout, vous ne lui dites pas que je suis venue vous voir. Il trouverait sûrement bizarre que je me mêle de ce qui ne me regarde pas. Et lorsqu'il vous aura dévoilé qui est Big Joe, il ne faut surtout pas que ce dernier croie que c'est Arturo qui l'a dénoncé.

— Ne vous inquiétez pas, Madame, nous savons être discrets.

Cette histoire semble sans intérêt à Paul Demota. Mais, comme le lui a dit la commissaire, à quelques mois de la présidentielle, le maire de Tiguas veut afficher de bons résultats en matière de criminalité et limiter le nombre d'homicides dans sa ville. Il serait donc du plus mauvais effet que cet Arturo Gamos se fasse tuer.

— Je vais voir si je peux trouver qui est ce fameux Big Joe. Je vais également faire des recherches pour découvrir si votre compagnon a déjà eu des ennuis avec ce type, à titre personnel ou professionnel.

Paul Demota fait entrer Arturo Gamos dans la salle d'interrogatoire du commissariat.

— Asseyez-vous, dit le capitaine en lui montrant le siège situé dans l'angle opposé. Avez-vous déjà été dans une salle comme celle-ci ?

— Non, jamais.

Arturo, un peu tendu, s'assied.

— Excusez-moi, mais je ne comprends pas pourquoi je suis ici, dit-il.

— Nous procédons à des auditions pour faire avancer nos affaires non résolues. Ne vous inquiétez pas, c'est juste de la routine, dit Paul Demota.

— Ah bon, parce que vous m'avez fait peur.

— Est-ce que vous connaissez un certain Big Joe ?

Arturo a un mouvement de recul sur sa chaise.

— Euh non.

— Vous êtes sûr ? Ce n'est pas ce qu'on m'a dit.

— Qui vous a dit ça ?

— Si vous pouviez répondre à mes questions plutôt qu'en poser d'autres, on irait plus vite.

— Pardon. Euh, non, je suis désolé. Je ne vois pas, dit Arturo en toussant.

— Vous avez des marques sur le visage. À quoi est-ce dû ?

— Je me suis cogné.

— C'est incroyable le nombre de gens maladroits que l'on croise dans les commissariats ! dit Paul Demota en jetant un coup d'œil entendu à Elsa.

Arturo Gamos émet un petit rire gêné.

— Ce ne serait pas plutôt le fameux Big Joe ou un de ces hommes qui vous auraient agressé ?

— Pas du tout, répond Arturo en se balançant mécaniquement sur sa chaise.

Paul Demota consulte la pochette qui est devant lui.

— Parlez-moi de vous. Où travaillez-vous ?

— Je suis graphiste free-lance, dit Arturo en se détendant un peu.

— Depuis longtemps ?

— Oui, depuis toujours.

— Pourtant, votre société AG Communication a été créée, très récemment.

— Oui, effectivement. J'avais une autre société avant, dit Arturo Gamos, secoué par une violente quinte de toux.

— Comment s'appelait-elle ?

— En fait, j'en ai eu plusieurs.

— Je vous écoute pour leurs noms.

Arturo Gamos se remet à se balancer sur sa chaise.

— Euh…

Le capitaine remarque que, depuis quelques instants, le visage de son interlocuteur s'est mis à luire.

— Comment gagnez-vous votre vie ?

— Je suis payé pour réaliser des sites Internet.

— Comment recevez-vous l'argent ?

— Plutôt en liquide.

— Mais, vous avez un compte, tout de même ?

— Oui, mais il n'y a pas grand-chose dessus.

Paul Demota sort de sa pochette une feuille.

— Votre compte en banque a été ouvert, très récemment à Tiguas. Il n'y en a jamais eu auparavant, à votre nom, dans le pays. C'est bizarre !

Arturo écarte le col de sa chemise comme s'il l'empêchait de respirer.

— Euh, c'est curieux, en effet…

Le capitaine soupire.

— Parlez-moi de votre famille.

— En fait, je n'en ai pas. Mes parents sont décédés.

— Avez-vous fait des études ?

— Oui, j'ai été au lycée à Temaco City. Puis, un graphiste m'a pris sous son aile et m'a appris le métier.

— Où peut-on trouver ce monsieur ?

— Euh, en fait, il est mort.

Paul Demota pose son crayon et se recule sur sa chaise.

— Je suis très ennuyé, Monsieur Gamos, car vous me mentez, depuis le début de cet entretien.

— Ce n'est pas vrai.

— Comment se fait-il qu'il n'y ait aucune trace de vous, nulle part ?

— Mais si, vous pouvez vous renseigner auprès de mon ancien lycée, ils ont peut-être gardé une copie de mes bulletins.

— D'accord, mais ça, c'était il y a vingt-cinq ans. Ensuite, vous disparaissez complètement de la circulation. Vous n'avez pas de famille, pas d'amis, pas de collègues, pas d'emploi, pas de compte en banque. C'est étrange, non ?

— Ce n'est pas vrai. J'ai une copine. Elle est coiffeuse. Si vous voulez, je peux vous indiquer les coordonnées du salon dans lequel elle travaille. Je peux même vous donner son nom et son numéro de téléphone.

— Oui, mais vous sortez avec elle depuis très peu de temps.

— Comment le savez-vous ?

— C'est elle qui est venue nous parler de vous.

Les yeux d'Arturo se rétrécissent.

— De moi ? Mais pourquoi ?

— Elle nous a dit que vous êtes menacé par quelqu'un. Un certain Big Joe. Qui est-ce ?

— Euh…

— Pourquoi vous menace-t-il ?

— Euh…

— Il pourrait revenir et vous tuer.

— Non, je ne pense pas. De toute façon, si je ne porte pas plainte, il n'y a pas de problème, si ?

Paul Demota s'éclaircit la gorge.

— Je vais, de nouveau, vous poser ma question et, cette fois, j'aimerais avoir une réponse. Pourquoi n'y a-t-il aucune trace de vous, depuis des années, exception faite de ces derniers temps ?

— Euh…

Le capitaine sort une nouvelle feuille de sa pochette.

— Et bien, je vais vous le dire. Parce que le vrai Arturo Gamos est décédé, il y a vingt-cinq ans. Il est mort en mer et on n'a jamais retrouvé son corps. Alors, si vous n'êtes pas Arturo Gamos, qui êtes-vous ?

Un silence pesant s'installe.

— Vous ne répondez pas, c'est votre droit. De mon côté, je vais vous garder, le temps d'éclaircir la situation et de vous faire des prélèvements ADN comme l'impose la loi du Costan, en cas de garde à vue.

25

VENDREDI 17 OCTOBRE

MATIN

Dans leur bureau, l'air conditionné étant, une nouvelle fois, en panne, Paul Demota et Elsa Tarias sont en permanence couverts d'une fine couche de sueur. Le capitaine a horreur de cette sensation, mais il s'abstient de tout commentaire en voyant que sa stagiaire prend sur elle de façon résignée. Comme souvent, ils commencent la journée en faisant le point sur l'avancement de leurs différentes enquêtes.

— De mon côté, je vais régler le problème avec Arturo Gamos avant d'être obligé de le relâcher, dit-il à la jeune femme en s'essuyant le front. Où en est-on au sujet de Cristina et Bernardo Mandoza ?

— J'ai pu consulter l'ensemble de leurs comptes en banque, mais il n'y a eu aucun retrait depuis leur disparition et rien de suspect dans les semaines qui ont précédé. Le département informatique n'a toujours pas pu accéder au téléphone ni à l'ordinateur de Cristina Mandoza et je n'ai pas encore le retour de la police scientifique concernant l'analyse de leur voiture. Et toi, as-tu quelque chose de nouveau ?

— Non, rien non plus. Relance la police scientifique et, demain, j'essaierai de faire parler Gabriel Duarten.

Paul Demota fait une nouvelle recherche dans la base de données ADN de la police du Costan, mais aucun dossier ne concorde avec celui de la personne qu'il vient d'incarcérer. Seule certitude : Arturo Gamos n'est pas Arturo Gamos.

Il remarque l'icône du fichier qui recense les hommes dont l'ADN a été prélevé dans le cadre d'affaires de viol. Son regard s'illumine. C'est là qu'il faut investiguer. Il lance la comparaison des données avec les profils enregistrés. Le temps que l'ordinateur mouline, il passe un coup de téléphone. Lorsqu'il a terminé, il regarde son écran.

— Non, c'est pas possible ! s'exclame-t-il.

Elsa relève la tête.

— Qu'y a-t-il ?

— Ben rien, justement. Le profil de ce type ne correspond à aucun de ceux que l'on a dans notre fichier. Je vais envoyer ses résultats à Interpol. Il est peut-être recherché dans un autre pays.

— Je le sens plutôt enraciné dans le Costan, mais, tu as raison, on n'a rien à perdre.

Elle se penche sur le dossier qu'elle lisait avant de relever la tête.

— J'ai vu qu'il y avait des sociétés qui faisaient de la publicité sur les réseaux sociaux. Elles proposent des tests ADN aux personnes qui souhaitent connaître leurs origines. Si tu les contactes, tu pourras peut-être trouver quelqu'un de sa famille.

Dans la salle d'interrogatoire, l'oncle de Laura est assis sur sa chaise, les épaules rentrées et la tête baissée. Il a les coudes posés sur ses cuisses et les mains croisées.

— Monsieur Duarten, nos entretiens se succèdent et vous ne coopérez pas, dit le capitaine Demota.

— Je suis innocent.

— Vous répétez cela en boucle, mais tout vous accable.

Avouez et vous vous sentirez mieux. Pensez à votre compagne et à votre fils, ils seront fiers de vous si vous acceptez vos responsabilités.

— Je n'en suis pas sûr !

Paul Demota réprime un geste d'impatience.

— Nous ne pouvons plus demander au juge une nouvelle prolongation de votre garde à vue.

Gabriel Duarten se redresse, un sourire sur les lèvres.

— Je vous inculpe donc pour le kidnapping de votre beau-frère et l'assassinat de votre sœur.

— Quoi ? Mais vous êtes fou ! Vous n'avez aucune preuve.

— Vous allez donc être conduit à la prison de Tiguas.

— La prison ?

L'oncle de Laura est devenu livide. Le capitaine se lève et se dirige vers la porte.

— Attendez, je vais tout vous dire ! s'exclame Gabriel.

Paul Demota n'y croit pas, mais il se rassied tout de même.

— Je vous écoute.

— C'est un horrible malentendu. Je suis joueur, je suis coureur, mais je ne suis pas un assassin. Je vous le jure.

Gabriel hésite, se tord les mains, souffle plusieurs fois.

— En fait, j'ai eu une liaison. J'étais avec une femme, le matin du 1er octobre. Je m'apprêtais à aller au travail lorsqu'elle a menacé de révéler notre relation à Naomi. J'ai alors appelé au bureau pour dire que j'étais malade et j'ai été la voir de toute urgence pour l'en dissuader. J'ai essayé de la raisonner, mais elle ne voulait rien entendre. Je lui ai alors dit que je souhaitais mettre fin à notre relation pour rester avec la mère de mon fils. C'est à ce moment qu'elle m'a giflé et que sa bague m'a éraflé le visage.

Le capitaine l'observe.

— Pourquoi ne pas l'avoir dit plus tôt ?

Le regard de Gabriel Duarten s'embue.

— Parce que si Naomi l'apprend, elle va me quitter.

Il réprime un sanglot.

— Si vous voulez vérifier, je peux vous donner les coordonnées de Valentina.

Paul Demota s'empresse d'aller rencontrer Valentina. Il veut voir dans ses yeux si les dires de Gabriel Duarten sont vrais. Lorsqu'il lui pose ses premières questions, elle répond calmement. Puis, au fur et à mesure que l'entretien avance, elle a de plus en plus de mal à contenir son ressentiment vis-à-vis de son ancien amant. Les yeux rétrécis par le mépris, elle évoque les promesses de l'oncle de Laura et le temps qu'elle vient de perdre avec lui. Elle a confirmé l'avoir vu, le 1er octobre au matin, et l'avoir giflé, lui laissant une marque sur le visage.

26

VENDREDI 17 OCTOBRE

APRÈS-MIDI

Assis sur la pierre tombale de sa sœur, Gabriel caresse doucement le granit en pleurant.

— Pardon, Cristina, pour le mal que je t'ai fait et le tracas que je t'ai causé. Tu as toujours été là pour moi et moi, je n'ai même pas été capable d'être là pour te dire un dernier adieu ni pour aider Laura dans ce moment si difficile. Je te demande pardon. Je ne suis qu'une merde.

Il prend un mouchoir en papier pour s'essuyer les yeux.

— Toute ma vie, je n'ai fait que des conneries. Si tu savais comme je me dégoûte. Même Papa commençait à trouver que je tournais mal alors qu'il est décédé quand j'avais à peine quatorze ans. T'imagine ! Heureusement qu'il n'a pas vu tout ça, il aurait eu tellement honte de moi !

Il renifle bruyamment.

— Toute sa vie, Maman s'est inquiétée pour moi. Heureusement que tu étais là, Cristina. Tu as souvent pu arranger les choses avant qu'elle ne s'aperçoive de mes bêtises. Merci pour tout ce que tu as fait pour moi et sache qu'à partir de maintenant, tu vas pouvoir être fière de moi. Je te le jure. J'ai beaucoup réfléchi, ces derniers jours, et j'ai décidé de me prendre en main. Je l'ai dit, tout à l'heure, à Laura. Si elle a besoin de quelque chose, elle peut m'appeler, je serai toujours là pour elle. Si tu l'avais vue, elle était tellement heureuse de savoir que j'étais innocent et tellement fière de mes bonnes résolutions. À partir de maintenant, au boulot, je vais bosser comme un fou pour avoir des promotions. Même Esperanza était impressionnée par ma motivation et ma détermination.

Il se mouche longuement.

— J'ai parlé à Naomi aussi. Comme un con, je lui ai fait beaucoup de peine. Je ne sais pas ce qui m'a pris d'aller courir après Valentina ! Enfin, j'espère que Naomi va me pardonner mon dérapage, car j'ai compris que c'est avec elle que je veux finir ma vie. Je lui ai juré que ça ne se reproduirait plus et elle m'a dit qu'elle allait y réfléchir. En attendant, je dors sur le canapé du salon et j'ai décidé d'arrêter de fumer et de moins boire. Ça doit te faire rire. Je l'ai tellement dit. Mais, cette fois, c'est vrai. Je veux que de tout ce malheur sorte quelque chose de positif.

27

VENDREDI 17 OCTOBRE

SOIR

Après avoir parlé à son oncle, Laura est allée dans sa studette pour travailler ses cours de zoologie de façon à s'occuper l'esprit. Elle connaît maintenant les principales espèces de la faune sauvage présentes sur l'île du Costan : mammifères, oiseaux, reptiles, mollusques et poissons tropicaux n'ont plus de secrets pour elle.

En fin de journée, pour se détendre, elle décide de mettre les informations. À l'écran, une interview politique débute. Elle a zappé sur les autres chaînes, mais rien n'a retenu son attention. Elle se résigne donc à la regarder. Robert Tormez, maire de la ville, détaille son programme devant des journalistes complaisants pour certains, hostiles pour d'autres. Laura ne l'aime pas du tout. Certes, il est bel homme, mais il en joue trop pour séduire les spectatrices. En outre, elle le trouve arrogant et prétentieux et ne votera pas pour lui. Elle espère ardemment que le président sortant, Juan Sandoval, sera réélu.

Après l'émission, elle se rend dans sa kitchenette. Son réfrigérateur est vide, mais il reste une soupe en sachet dans un placard. Elle fait chauffer de l'eau, jette le contenu déshydraté dedans, remue un peu. Lorsqu'elle retourne s'installer sur son canapé-lit, les publicités se terminent et un jingle se fait entendre. La caméra revient dans le studio de télévision où un journaliste en costume sombre apparaît à l'écran.

— Commençons par l'annonce choc qui vient juste de tomber. Coup de théâtre dans l'affaire Mandoza : après avoir relâché Gabriel Duarten plus tôt dans la journée, la Police vient d'inculper quelqu'un pour enlèvement et assassinat.

Laura sursaute si fort qu'elle renverse la moitié de sa soupe sur le plateau et se brûle.

— Ce sera l'information principale de ce journal, mais voyons, tout d'abord, les autres grands titres qui seront développés.

La jeune fille écoute d'une oreille distraite les dégâts causés par la sécheresse et les accidents, tout en appelant Paul Demota. Il ne répond pas et Elsa Tarias, non plus. Elle raccroche après leur avoir laissé un message puis elle attend, les mains tremblantes. L'assassin va-t-il parler ? Va-t-elle enfin retrouver son père ? Sera-t-il vivant ? Elle se crispe alors que le présentateur revient au seul sujet qui l'intéresse.

— Nous allons maintenant rejoindre notre envoyée spéciale en direct du Commissariat Central de Tiguas. Jane Ortiz, est-ce que vous m'entendez ?

— Oui, très bien.

— Jane, pouvez-vous nous en dire plus sur cette personne ?

— Non, le Procureur n'a pas indiqué de qui il s'agissait, mais nous devrions en savoir davantage, tout à l'heure, lors d'une conférence de presse.

— De quels éléments disposez-vous ?

— Pour l'instant, il est certain qu'il n'y a qu'un seul individu inculpé et que c'est un homme. Cet élément constitue une avancée décisive dans l'enquête puisque, je vous le rappelle, c'est la première arrestation dans l'affaire des disparus de Tiguas,

Cristina et Bernardo Mandoza. Aucune information ne filtre, mais nous savons que cet homme a été placé en garde à vue puis a été entendu ici, dans les locaux de la Police Judiciaire.

Elle fait un geste ample du bras et le caméraman opère un traveling sur le bâtiment derrière elle avant de revenir sur son visage.

— C'est vraisemblablement le capitaine Paul Demota qui a conduit l'interrogatoire puisque c'est son service qui est chargé de l'affaire.

La caméra revient dans le studio.

— Merci, Jane. N'hésitez pas à nous rappeler dès que vous aurez du nouveau.

Le journaliste passe au sujet suivant et Laura baisse le son. Un certain soulagement l'envahit. Elle va enfin pouvoir retrouver son père, connaître la vérité et faire son deuil. Justice va être faite : cet être éminemment dangereux est maintenant hors d'état de nuire. Il va être jugé et il va payer pour ce qu'il a fait.

Elle aimerait en savoir plus par le capitaine Demota. Mais, malgré trois tentatives, elle ne parvient pas à lui parler et il ne la rappelle pas. Elsa Tarias est également injoignable. Elle téléphone alors à son oncle pour lui proposer d'assister ensemble à l'allocution télévisée du procureur.

En attendant qu'il arrive, la jeune fille retourne chez sa grand-mère et lui tombe dans les bras.

— Tu vois, Laura, je t'avais dit que l'on pouvait faire confiance au capitaine Demota. C'est un homme compétent et tenace.

— Tu avais raison, Mamie.

On sonne. La jeune fille se dégage, s'essuie les yeux et ouvre. Son oncle est sur le seuil de la porte. Elle se jette dans ses bras.

— Oh, Gabriel, je suis tellement contente que tu sois là !

— Moi aussi ! J'ai apporté de quoi boire un verre de vin pour fêter ma libération, dit-il en lui montrant la bouteille de vin qu'il tient à la main.

— Très bonne idée, dit Esperanza.

Elle va chercher des verres à pied et ils s'installent tous les trois au salon.

— J'ai prévu du vin pour ce soir. Et, dans quelques jours, je suis sûr que je reviendrai avec du champagne pour fêter le retour de ton père, dit-il à Laura.

Esperanza réprime un sanglot tandis que Gabriel remplit les verres.

— Ne vous inquiétez pas, je ne sais pas pourquoi, mais je suis convaincu que Bernardo est toujours en vie et qu'on va bientôt avoir de ses nouvelles.

— Si Dieu pouvait vous entendre et me rendre mon fils.

Laura est émue par l'attitude de sa grand-mère. Elle s'imagine les retrouvailles avec son père. Il restera pudique et ne dévoilera sûrement pas tout de sa captivité, mais cet enlèvement va encore les rapprocher.

— Heureusement que ce misérable est en prison, car si c'était moi qui l'avais trouvé, je peux vous assurer qu'il aurait passé un sale quart d'heure, dit Gabriel. On n'a pas idée de s'attaquer comme ça à une femme qui n'a rien fait.

Il prend une gorgée de vin.

— Je lui aurais fait passer l'envie de rire, moi, à ce petit merdeux.

Esperanza relève la tête un peu choquée par les propos de Gabriel.

— Pardon, je suis vulgaire, mais je dis les choses comme je les pense. À cause de lui, j'ai été inquiété par la Police. Si je l'avais eu en face de moi, j'aurais eu du mal à ne pas le trucider.

La grand-mère de Laura hausse les épaules.

— Ça ne vaut pas la peine de faire de la prison pour un type pareil.

Il la regarde et fait une pause.

— Vous êtes très sage, Esperanza.

— Je suis surtout très vieille. On devient plus raisonnable avec l'âge, dit-elle en lui adressant un petit sourire.

À la télévision, un homme grisonnant s'approche d'un pupitre avec un dossier.

— Ça va commencer, dit Laura en remontant le son avec la télécommande.

Le procureur, Ernesto Stanton, prend la parole.

— Cet après-midi, un individu, placé en garde à vue, a été interrogé. À l'issue de son audition et au regard des indices graves et concordants dans cette affaire, il a été mis en examen pour assassinat sur la personne de Cristina Mandoza.

Le procureur se racle la gorge et poursuit.

— Une expertise ADN a été diligentée pour vérifier son identité. Nous savons maintenant qu'il s'agit de Bernardo Mandoza, l'époux de Cristina Mandoza.

Le verre que Laura tenait à la main se brise en mille morceaux sur le sol, éclaboussant de vin rouge ses pieds.

— Mais, ce n'est pas possible ! dit-elle se tournant vers sa grand-mère.

La vieille dame vacille.

— Vous vous sentez bien, Esperanza ?

Celle-ci ne répond pas et glisse du canapé. Laura la retient pour lui éviter de tomber sur les morceaux de verre.

— Il faudrait l'allonger, dit Gabriel.

— Oui, tu as raison. On va la mettre sur son lit.

Gabriel la porte jusqu'à sa chambre. Elle est d'une pâleur cadavérique.

— Ça va, Mamie ?

Esperanza remue les lèvres faiblement.

— C'est vrai ce qu'ils ont dit ? souffle-t-elle.

— On ne sait pas, dit Gabriel.

— Laura, va voir, s'il te plaît.

La jeune fille retourne au salon et pousse les éclats de verre du pied avant de s'asseoir.

— Coup de tonnerre dans l'affaire de l'assassinat de Cristina Mandoza. Le procureur vient d'annoncer l'arrestation de son mari. Nous retrouvons notre correspondante Jane Ortiz. Jane, avez-vous des précisions à nous donner ?

— Oui. On pensait que les époux Mandoza avaient disparu ensemble. Mais, ce soir, c'est un vrai choc puisque Bernardo Mandoza est accusé d'avoir assassiné sa femme et de s'être débarrassé de son corps en le jetant du haut du Pont des Suicidés.

La photo d'un homme apparaît à l'écran. Il semble beaucoup plus jeune que son père et ne lui ressemble pas du tout. Laura s'approche pour voir le cliché de plus près. Elle l'examine longuement. L'homme a les yeux et le sourire de son père, mais elle n'est pas sûre que ce soit lui. Et puis, elle ne comprend pas. Son père ne peut pas être arrêté pour son propre enlèvement. D'autre part, pourquoi se serait-il attaqué à son épouse ? Ça n'a aucun sens. Il y a forcément une erreur. Elle compose le numéro de Paul Demota et tombe, une fois de plus, sur sa boîte vocale. Elle laisse un message et appelle le Commissariat Central. D'après son interlocuteur, le capitaine ne peut absolument pas être dérangé. Elle donne ses coordonnées téléphoniques pour qu'il la contacte au plus vite. Puis, elle met son portable en mode silencieux pour ne pas être importunée par les journalistes qui tentent déjà de la joindre pour recueillir ses premières réactions.

Des interrogations plein la tête, elle repart dans la chambre afin de vérifier si sa grand-mère s'est remise de son malaise. Dos à la porte, son oncle est tourné vers la fenêtre, les poings crispés. Il se retourne en l'entendant arriver. Il a le regard dur et la mâchoire contractée. Elle sait que Gabriel n'a jamais apprécié son père et elle remarque qu'il n'a qu'une envie : celle de lui casser la figure.

— C'est vrai qu'ils ont arrêté Bernardo ? dit faiblement Esperanza.

— Il paraît. J'ai demandé au capitaine de me rappeler pour comprendre ce qu'il se passe.

— Il n'a pas pu faire ça. En plus, il adore ta mère. Je ne veux pas que mon grand garçon aille en prison, dit-elle en sanglotant.

28

VENDREDI 17 OCTOBRE

SOIR

Dans son appartement, Cintia, installée devant sa télévision, s'apprête à écouter le procureur. C'est certainement le cas de la moitié des habitants de la ville de Tiguas, mais c'est encore plus important pour elle puisqu'elle a personnellement participé à la recherche du couple. Elle aurait préféré qu'Arturo soit avec elle, mais il ne décroche pas quand elle l'appelle et il ne répond pas à ses messages. Elle a bien essayé de lui envoyer des photos de plus en plus coquines, mais il est aux abonnés absents. Elle ne lui en veut pas, car elle se doute qu'il se cache pour éviter les représailles de Big Joe et de ses hommes. Elle souhaiterait être sûre qu'il est en sécurité et lui dire de vive voix qu'elle l'aime.

Ernesto Stanton apparaît à l'écran. Elle jubile de savoir qu'ils ont enfin appréhendé le coupable. Demain, elle appellera Laura. La jeune fille doit être tellement soulagée. Évidemment, l'idéal serait de retrouver son père vivant dans la foulée.

Lorsque Cintia entend que l'homme arrêté est le mari de Cristina Mandoza, sa bouche se déforme en une moue de colère et ses pensées se tournent immédiatement vers Laura. Non, elle ne l'appellera pas demain. Elle doit être dévastée de savoir que c'est son père qui a tué sa mère. Cintia la plaint, ainsi que sa grand-mère. Il doit être très déstabilisant d'avoir partagé la vie d'un être dangereux et dénué de scrupules. Heureusement, même si elle n'a pas toujours eu des compagnons à son goût, au moins n'a-t-elle jamais connu cela.

Elle profite des publicités pour aller chercher une boisson dans la cuisine et revient pour regarder la suite des informations avec un soda light pour se faire plaisir tout en surveillant sa ligne. Elle l'ouvre en faisant attention de ne pas salir son canapé et porte la canette à sa bouche. Elle adore sentir les fines bulles qui explosent sur sa langue. Elle tourne la tête vers la télévision et manque de s'étouffer en voyant la photo d'Arturo s'afficher à l'écran. Elle tousse, les yeux rivés à son téléviseur. Il doit y avoir une erreur et elle se concentre sur ce qui se dit pour comprendre de quoi il s'agit.

— D'après les premiers éléments qui ont filtré, Bernardo Mandoza avait coupé ses cheveux, rasé sa barbe et enlevé ses lunettes. Il avait même fait de la chirurgie esthétique pour modifier l'apparence de son nez et recoller ses oreilles. Il avait également changé d'identité et se faisait appeler Arturo Gamos.

Cintia fronce les sourcils. Qu'est-ce que c'est que cette histoire ? Comment son Arturo, intelligent et attentionné, peut-il être le mari d'une autre et un criminel recherché ? C'est délirant ! En plus, si c'était le cas, elle l'aurait reconnu. Or, Arturo ne ressemble pas du tout à Bernardo Mandoza.

Le reportage suivant détaille, pas à pas, l'évolution physique du père de Laura à l'aide de nombreuses animations. Ils expliquent comment les mèches sur son front cachaient l'implantation de sa chevelure et ses golfes naissants, comment ses grosses lunettes en écaille modifiaient son regard et masquaient la forme de ses sourcils tandis que sa barbe empêchait de deviner le contour précis de sa mâchoire et de son menton et altérait l'aspect de sa bouche et de son sourire. Finalement, personne ne pouvait imaginer à quoi ressemblaient les traits du visage de Bernardo Mandoza tant ils étaient camouflés par sa frange, sa barbe et ses lunettes. Sur le plateau télé, un chirurgien esthétique indique ensuite comment les techniques actuelles permettent de recoller les oreilles et de faire d'un nez busqué un nez droit sans cicatrices, tout en limitant les œdèmes. Selon lui, ces méthodes sont très efficaces pour obtenir un changement radical de façon rapide. Une fois, son discours terminé, deux photos apparaissent à l'écran sous le titre « Une transformation incroyable » : celle de Bernardo Mandoza sous le mot « Avant » et celle d'Arturo Gamos sous le mot « Après ».

Cintia analyse longuement les clichés pour voir, comprendre et accepter l'impensable. Puis, elle se lève en titubant pour attraper un mouchoir en papier. Dire qu'elle était sur le point de partir au Mexique avec lui. Que lui serait-il arrivé ? Aurait-il également voulu la tuer ? S'en serait-il pris à ses parents ? Elle frissonne en réalisant qu'elle est peut-être passée tout près d'un drame. Son téléphone vibre, mais elle ne répond pas. Elle jette à la poubelle son mouchoir trempé et en prend un autre. Son portable sonne de nouveau.

Dire qu'elle se sentait si bien avec lui. Elle fouille dans sa mémoire en quête de moments où il se serait trahi. Mais non, il ne montrait pas d'émotion particulière lorsque les émissions parlaient de sa femme ou de sa fille. Juste de l'énervement, parfois. Cintia n'y avait pas prêté attention, car il bougonnait sur l'inaction des politiques dès que les journalistes abordaient le sujet et il se lamentait sur l'avenir de la planète quand il était question d'écologie. Cintia en avait conclu qu'Arturo n'aimait pas les actualités et qu'il préférait les matchs de football qu'elle trouvait assommants.

Elle retire le collier qu'il lui a offert et le jette rageusement sur le guéridon à côté d'elle. On sonne. Qui peut venir à cette heure-ci ? Elle ne fait pas de bruit pour que l'importun s'en aille. Le carillon retentit de nouveau. Les cheveux en désordre et les yeux bouffis, elle ne veut pas répondre. Maintenant, on tambourine.

— Ouvre s'il te plaît. C'est Natalia.

Cintia se dirige vers l'entrée en traînant des pieds.

— J'ai eu tellement peur qu'il te soit arrivé quelque chose, dit son amie en la serrant dans ses bras. J'ai essayé de t'appeler plusieurs fois, mais tu n'as pas répondu.

— J'étais tellement choquée ! Tu te rends compte, il aurait pu me tuer, dit Cintia en éclatant en sanglots. Je ne comprends pas, il avait l'air normal. C'est plutôt celui qui le menaçait qui avait l'air d'un assassin.

29

SAMEDI 18 OCTOBRE

MATIN

Après une nuit quasiment sans sommeil, Cintia sort de chez elle, les yeux gonflés d'avoir trop pleuré. Elle refuse de déprimer. Elle pensait renvoyer à Arturo la chaîne ornée du cœur, mais, après avoir mûrement réfléchi, elle a choisi de la revendre et d'en empocher l'argent. Finalement, cela lui semble juste. Ce sera la compensation pour le préjudice moral qu'elle a subi. Elle se dirige vers la plus grande bijouterie de son quartier pour en tirer un prix le plus élevé possible. Elle sonne. À l'intérieur, le joaillier l'examine avant d'actionner, l'une après l'autre, les portes du double sas.

— Achetez-vous des bijoux ?

— Oui, mais ça dépend lesquels, car nous sommes spécialisés dans le haut de gamme. Nous évaluons l'objet et, s'il nous intéresse, nous proposons un prix au client. Si celui-ci l'accepte, nous faisons affaire.

Cintia sort l'écrin noir de son sac.

— Pourriez-vous me dire à combien vous me reprendriez celui-ci ?

L'homme saisit une loupe qu'il fixe dans son globe oculaire et examine attentivement la chaîne et son poinçon.

— Malheureusement, nous ne reprenons pas ce type de bijou.

— Pourquoi ? Je l'ai très peu porté.

— Nous rachetons de l'or mais pas d'argent. Je suis vraiment désolé. Vous pouvez aller voir nos confrères au bout de la rue. Ils pratiquent des tarifs assez bas mais, au moins, ils rachètent tous les métaux.

Une boule se forme dans la gorge de Cintia et elle sort précipitamment du magasin après avoir remercié son interlocuteur. Avant de traverser pour aller prendre le bus, elle se dirige vers une poubelle pour y jeter son collier. Mais, elle se ravise au dernier moment et reprend sa marche. Elle le dépose finalement dans la coupelle de la mendiante qui est assise, comme tous les jours, près de l'entrée du supermarché. Celle-ci la remercie, les yeux brillants de gratitude.

Arrivée au salon, Rita Cordero n'est pas à la caisse. Elle doit être au fond, dans la réserve. Cintia en profite pour filer au vestiaire, s'habiller et se remaquiller. Lorsque Natalia arrive, elle fond en larmes dans ses bras.

— Pourquoi est-ce que je n'ai jamais de chance avec les hommes ?

Natalia lui retire les cheveux qui tombent sur son visage baigné de larmes.

— Tu es très déçue maintenant, mais je suis sûre que, dans quelque temps, tu te féliciteras que la relation ait été si courte. Tu sais, Cinty, si ça ne doit pas marcher, autant que ça s'arrête le plus vite possible. Comme ça, tu t'attaches moins et tu peux rebondir plus rapidement.

— Rebondir ?

— Oui, tu peux te trouver quelqu'un d'autre dès que tu te sentiras prête.

— Je ne sais pas si j'en aurai envie.

— GeekALunettes te plaisait bien pourtant.

— C'est vrai. Mais, il va se passer du temps avant que je fasse de nouveau confiance à un homme.

Natalia lui présente les biscuits qu'elle a apportés. Cintia en croque un en silence. Son amie se lève et lui donne un soda. Cintia boit un peu, s'essuie les yeux et renifle.

— Moi qui pensais avoir enfin mon propre salon. J'en ai assez de travailler pour Rita. Décidément, rien ne va dans ma vie.

— Je comprends, j'en ai marre aussi.

— Qu'est-ce qu'elle a de plus que nous ? Elle n'est pas sympa et, en plus, elle coiffe mal, maugrée Cintia.

— Oui, d'ailleurs, elle ne coiffe quasiment plus.

— Elle ne mérite pas d'avoir un salon. C'est vraiment trop injuste.

Cintia reprend un biscuit nappé de chocolat au lait.

— Moi, je vais te dire ce qu'elle a de plus que nous. De l'argent.

— Ce n'est même pas sûr, répond Cintia, la bouche pleine. Une fois, je l'ai entendu dire à une cliente qu'elle avait un gros emprunt à rembourser chaque mois.

— C'est vrai ? dit Natalia d'un air pensif.

Cintia attrape un nouveau gâteau qu'elle engloutit.

— Tu crois qu'on pourrait faire pareil ?

— Faire quoi ? répond Cintia en postillonnant.

— On s'entend bien toutes les deux. Tu penses qu'on pourrait emprunter et ouvrir un salon, ensemble ?

Cintia relève la tête doucement. Natalia se rapproche d'elle.

— On coiffe très bien, toutes les deux, et on est complémentaires. En fin de semaine, on pourrait proposer des forfaits pour les futures mariées. Tu ferais leur chignon et moi, la manucure et le maquillage. En plus, ce serait possible maintenant, car je viens de recevoir un petit héritage.

Les pensées se bousculent dans la tête de Cintia.

— Cinty, on n'a pas besoin d'attendre. C'est le moment ou jamais de prendre notre destin en main. À deux, on y arrivera plus facilement. On peut louer une boutique, mettre nos économies en commun et emprunter pour acheter les produits, des bacs et des sièges confortables.

Un sourire se dessine sur les lèvres de Cintia.

— Ce quartier n'est pas trop cher, on devrait pouvoir payer le loyer sans trop de difficultés, enchaîne Natalia.

— Tu as raison, c'est une super idée.

QUELQUES HEURES PLUS TÔT…

30

VENDREDI 17 OCTOBRE

APRÈS-MIDI

Dans la salle d'interrogatoire, le capitaine Paul Demota, impassible, attend que son interlocuteur s'exprime. Devant son mutisme, il ouvre une pochette et en sort une feuille.

— Notre entretien de ce jour sera enregistré et approfondi. J'aime traiter les personnes avec respect et je souhaite la même chose de votre part.

L'homme en face de lui acquiesce.

— Vous n'êtes pas en état d'arrestation, vous pouvez donc quitter la pièce, car la porte n'est pas fermée à clé. Par ailleurs, si vous le désirez, à tout moment, vous pouvez faire appel à un avocat. Dans ce type d'affaires, les actes qui ont pu avoir lieu sont : violence, enlèvement, séquestration et homicide. Dès que nous aurons un ou des suspects, ils seront mis en examen pour cela. Tout est bien clair pour vous ?

— Oui, très clair.

— J'ai envoyé votre profil génétique à des sociétés spécialisées dans les tests ADN. Comme vous aviez fait une recherche sur vos origines chez l'une d'elles, il nous ont confirmé votre véritable identité et nous savons désormais que vous n'êtes pas Arturo Gamos, mais Bernardo Mandoza. C'est donc sur cette base que nous allons commencer notre entretien. Monsieur Mandoza, pourriez-vous m'expliquer pourquoi un citoyen, sans histoire comme vous, décide un jour de disparaître en changeant de nom et en faisant de la chirurgie esthétique ?

— J'ai pris peur. Lorsque j'ai reçu des messages de ma fille indiquant qu'elle ne savait pas où était sa mère, j'ai paniqué.

— Pourquoi ?

— Je me suis battu avec mon beau-frère et, ensuite, j'ai menacé Cristina par SMS. J'ai eu peur qu'on m'accuse et qu'on me jette en prison. Mais, je vous jure que je n'ai rien fait.

— C'est quand même un peu excessif comme réaction.

— Oui, mais ce n'est pas interdit de faire de la chirurgie esthétique ni de disparaître.

Paul Demota se recule sur sa chaise.

— Certes. Quand avez-vous vu votre femme, pour la dernière fois ?

— Le mercredi 1er octobre, avant d'aller au travail.

— Qu'avez-vous fait, ce matin-là ?

— Comme d'habitude, j'ai pris mon petit-déjeuner, ma douche et je suis parti.

— Quelle heure était-il ?

— Huit heures trente, environ.

— Votre fille était-elle là ?

— Non, elle n'habite plus avec nous.

— Monsieur Mandoza, y a-t-il eu une dispute entre vous et votre femme, ce matin-là ou la veille ?

— Non.

Paul Demota fixe son interlocuteur.

— Monsieur Mandoza, je suis ennuyé parce que notre entretien avait bien commencé et là, vous me cachez quelque chose.

— Mais, pas du tout.

Le capitaine soupire.

— Bon, continuons. Avez-vous remarqué quelque chose de spécial dehors ?

— Oui, il y avait un camion devant la maison des Grant. Ils étaient plusieurs, car c'était une grosse livraison.

— Est-ce que quelque chose vous a paru étrange dans le comportement de ces hommes ?

— Non, rien de spécial.

— Avez-vous fait ou dit quelque chose qui aurait pu les énerver ?

— Non, pas du tout.

— Donc, il n'y a aucune raison pour qu'ils aient quelque chose contre vous ou contre votre épouse ?

— Non. Mais, quand je suis parti, ils ont pu entrer dans la maison en pensant qu'elle était vide. Et là, ils ont été surpris de voir Cristina et ils ont pu s'attaquer à elle.

Paul Demota termine son café.

— C'est une piste que j'ai examinée et qui n'a rien donné. Il y a un autre point que je voudrais aborder avec vous, Monsieur Mandoza. C'est votre voiture.

Le capitaine ouvre son dossier.

— Avez-vous eu des choses à transporter, ce mercredi matin ?

— Non, rien de particulier.

— Je sais que, ce jour-là, vous n'êtes pas allé au bureau. Où étiez-vous ?

— Euh, j'avais un rendez-vous.

— Où ça ?

— Euh… Je…

— Moi, je vais vous le dire. Mercredi matin, vous avez tué votre femme. Ensuite, vous l'avez cachée dans le coffre de votre voiture et vous avez roulé en direction du Pont des Suicidés.

Bernardo Mandoza se met à tousser.

— Mais non, pas du tout. Vous n'avez aucune preuve de ce que vous avancez.

Le capitaine Demota sort une feuille de sa pochette.

— Si. Dans votre véhicule, il n'y a que votre ADN et celui de votre épouse. Et, malheureusement pour vous, nous avons trouvé une quantité anormalement élevée de son ADN dans le coffre.

Il tend le papier à Bernardo Mandoza qui le lit rapidement avant de détourner les yeux. Il bouge sur sa chaise et semble mal à l'aise tandis que le capitaine le regarde fixement.

— Nous avons également le rapport d'autopsie de votre épouse qui mentionne qu'elle est décédée d'un coup violent à la tête. Pourriez-vous me dire ce qu'il s'est passé ?

— Je n'ai aucun commentaire à faire.

— Par ailleurs, nous avons procédé à une perquisition du petit appartement que vous avez loué au nom d'Arturo Gamos et nous avons trouvé ceci.

Paul Demota sort de sa pochette un aérosol qu'il pose sur la table.

— Pourriez-vous me dire ce que c'est ?

— C'est pour soulager les crises d'asthme.

— Ce n'est pas ce que m'a dit le pharmacien.

Bernardo reste muet, les yeux rivés au sol. Demota s'approche de lui sur sa chaise à roulettes.

— Pensez à votre mère. Épargnez-lui une procédure longue et les journalistes de Tiguas News qui la traqueront pour essayer d'avoir un scoop. Ils ne lâcheront pas et ils traîneront votre nom dans la boue. Pensez à la douleur de Laura et à son besoin d'avoir des réponses. Pensez à votre femme que vous aimez.

Bernardo se tasse légèrement.

— Monsieur Mandoza, vous n'êtes pas un assassin dans l'âme. Mais, il y a des moments où on est énervé et où on perd le contrôle. C'est comme ça qu'arrivent les accidents. Je sais que vous n'avez pas voulu la tuer.

Paul Demota regarde son interlocuteur avec le calme du prédateur qui sait que sa proie n'a aucune chance de lui échapper. Bernardo hésite un instant puis relève la tête.

— Tout a commencé, il y a deux mois, dit-il.

31

JEUDI 28 AOÛT

C'était il y a près de deux mois et pourtant, toute sa vie, Bernardo Mandoza se souviendra de ce jour.

Assis dans la salle d'attente du docteur Castillo, il essaie de s'intéresser à un magazine, mais il n'y parvient pas. Son cœur bat la chamade, il a les mains moites et l'estomac noué. Il se détourne de son voisin pour tousser. Cette satanée toux ne le quitte pas depuis des semaines et il a de plus en plus de mal à respirer. Et si le pneumologue lui annonçait qu'il a un cancer du poumon ? À cette pensée, sa respiration devient saccadée et il se sent oppressé. Il essaie d'inspirer et d'expirer longuement pour se calmer. Non, ce n'est pas possible, il délire. Il n'a pas beaucoup fumé. Oui, mais on ne sait jamais… Il ne peut pas empêcher son esprit de divaguer. Il a toujours été hypocondriaque. La peur des microbes, de la contagion, de la maladie. Il regarde autour de lui. Ceux qui patientent sont calmes et sereins. Il se sent ridicule et décide de s'intéresser aux dernières tendances culinaires des restaurants branchés photographiés dans le magazine.

Une silhouette massive apparaît dans l'encadrement de la porte de la salle d'attente.

— Monsieur Mandoza ?

La peur au ventre, il se lève, pose son magazine sur la table basse, salue le pneumologue et le suit.

— Asseyez-vous. Comment vous sentez-vous ?

— Mal.

Le docteur Castillo affiche un air compatissant.

— Toussez-vous beaucoup ?

— Oui. Et je m'essouffle très vite.

Bernardo a déjà vu le pneumologue qui est d'un naturel très souriant. Mais, aujourd'hui, il lui trouve l'air solennel. Le spécialiste regarde longuement son ordinateur en faisant la moue.

— Vous... euh... vous pensez que c'est grave, docteur ?

— Je le crains.

Bernardo a l'impression que le sol se dérobe sous ses pieds. Il retient son souffle, suspendu aux lèvres du médecin qui inspire profondément avant de reprendre la parole.

— J'ai reçu les résultats de vos examens. Vous avez la mucoviscidose.

— Quoi ? Mais, c'est impossible.

— Il s'agit malheureusement bien de cela. En plus des formes très agressives qui touchent les jeunes, il y en a une plus lente qui peut se révéler chez des sujets plus âgés, et c'est votre cas.

Quelle saleté, ce truc ! Bernardo revoit Agata. Elle était intelligente, gentille et très belle avec ses longs cheveux noirs. Mais, elle avait toujours le teint pâle et les yeux cernés des personnes qui manquent d'oxygène. Il avait vu la maladie prendre le dessus et ne jamais desserrer son étau. Il avait vu sa cousine adorée dépérir au fil des ans. Elle avait dû, peu à peu, réduire ses activités sportives jusqu'au jour où l'ensemble de ses occupations avaient été remplacées par de la kiné respiratoire. Un jour, après des années de lutte qu'elle menait avec un courage qui forçait l'admiration, elle avait perdu la partie, plongeant sa famille dans un profond désespoir. Rien qu'en y repensant, les larmes lui montent aux yeux. C'était il y a trente ans. La douleur laissée par l'absence d'Agata s'était estompée, mais la blessure ne s'était jamais totalement refermée. Il avait tenté d'oublier cette fichue maladie et avait décidé de rattraper le temps et le bonheur perdus. Il y était relativement bien parvenu… jusqu'à aujourd'hui.

Il n'arrive pas à se faire à l'idée que son destin le rattrape comme si la Faucheuse estimait l'avoir suffisamment épargné. Ce qui lui semble le plus terrible, en ce moment, est de savoir exactement ce qui l'attend. Il va passer par les mêmes étapes que sa cousine et, malheureusement, il n'y aura pas d'échappatoire.

Mais, non. Il doit se ressaisir. Il y a peut-être de nouveaux médicaments qui le sauveront ou du moins pourront allonger et améliorer sa qualité de vie. Bernardo sent son optimisme et sa force de vie reprendre le dessus. Il faut qu'il soit fort pour lui, mais aussi, et surtout pour sa femme et pour sa fille, Laura. C'est décidé : il va être courageux pour qu'elles soient fières de lui. Il a une raison de vivre et de se battre. Il relève la tête et voit que le médecin le regarde avec bonté. Ce ne doit pas être facile pour lui non plus d'annoncer de mauvaises nouvelles. Bernardo a retrouvé son calme intérieur. Ça y est, il est prêt. Il va pouvoir annihiler cette cochonnerie de maladie génétique. Maladie… génétique ? Génétique ? Il a l'impression que tout son sang quitte sa tête. Il vacille, hésite et, pourtant, il sait qu'il lui faut poser la question. Il doit oser. Il se lance.

— Docteur, la mucoviscidose est bien une maladie génétique.

— Malheureusement, oui.

— C'est une catastrophe.

Le pneumologue acquiesce d'un air solennel. Bernardo avale sa salive péniblement.

— Croyez-vous que ma fille va être touchée, elle aussi ?

Le médecin se recule sur sa chaise.

— Écoutez non. Si elle est adoptée, il n'y a aucune raison pour qu'elle soit atteinte de la même pathologie que vous.

— Adoptée ? Non, c'est ma fille biologique.

— Elle a été conçue par fécondation in vitro ?

— Ben non, normalement.

Le médecin a un rictus. Bernardo a du mal à interpréter la pensée du praticien. Est-ce de la pitié eu égard à la potentielle mauvaise nouvelle qu'il peut lui annoncer ? Non, ce n'est pas de la pitié. Ni de la compassion. Le pneumologue se tait et Bernardo cherche la réponse au fond de ses yeux. On dirait de la gêne. Oui, c'est bien cela, il a l'air embarrassé.

— Vous dites que votre fille a été conçue naturellement, sans aucune technique de procréation médicalement assistée. Pas de fécondation in vitro, pas de don de sperme. Rien.

— C'est cela. Enfin je ne vois pas ce que cela a d'étonnant.

— Depuis le début de ma carrière, j'ai suivi des dizaines d'hommes atteints de mucoviscidose comme vous. Et pas un seul n'a pu avoir des enfants biologiques naturellement.

Bernardo le regarde.

— Et bien, je suis le contre-exemple qui confirme la règle. Il va falloir que vous remettiez à jour les caractéristiques de cette maladie.

Le pneumologue avance sur son siège et le fixe.

— Je crois surtout qu'il va falloir que vous ayez une discussion très sérieuse avec votre femme.

Cela fait un long moment que Bernardo Mandoza est assis dans sa voiture sur le parking de l'hôpital. Quel choc ! C'est un cauchemar, mais il va se réveiller, c'est sûr. Il ne sait pas ce qui le perturbe le plus. La perspective d'être malade, la peur de mourir ou les insinuations du médecin concernant sa paternité.

Le cerveau assailli par les doutes et les questions, il démarre et conduit comme un automate. Il évite de justesse une voiture qu'il n'avait pas vue et à laquelle il vient de refuser la priorité. Il accélère sans s'en rendre compte et le tableau de bord clignote pour lui signifier qu'il dépasse la vitesse maximale autorisée. Il n'y prête pas attention.

Lorsqu'il arrive près de sa maison, il se gare et se précipite à l'intérieur. Cristina qui lit tranquillement dans le salon relève la tête en l'entendant approcher.

— Comment s'est passé ton rendez-vous chez le médecin ?

— M'as-tu trompé ? demande-t-il, blême de colère.

Elle le regarde au-dessus de son livre.

— Mais, pourquoi me demandes-tu ça ?

— Tu ne m'as pas répondu !

— Non, parce que je trouve ta question plutôt insultante. Qu'est-ce qui te prend ?

— Le médecin m'a dit que j'étais stérile depuis la naissance.

Cristina referme son livre.

— Tu ne devais pas aller chez le pneumologue parce que tu tousses ?

— Si.

— Excuse-moi, mais je ne comprends pas.

Bernardo Mandoza lui raconte son rendez-vous médical.

— D'où ma question, qui est le père biologique de ma fille ?

Il n'a pas pu s'empêcher de faire le signe des guillemets avec les mains en prononçant les mots « ma fille ».

— Ne sois pas ridicule, chéri. Tu sais bien que je ne t'ai pas trompé et que tu es le père de Laura.

32

VENDREDI 17 OCTOBRE

APRÈS-MIDI

Après avoir raconté son rendez-vous chez le pneumologue au capitaine Demota, Bernardo Mandoza s'est tu et semble perdu dans ses souvenirs.

— Ainsi, le même jour vous avez appris que vous étiez gravement malade et que vous n'étiez peut-être pas le père de votre fille.

— Oui. Une seule de ces nouvelles est déjà difficile à encaisser, mais les deux en même temps, c'est inhumain.

— Que s'est-il passé après ?

— La priorité, c'était ma santé. Je me suis renseigné pour savoir comment ralentir la progression de la mucoviscidose et en atténuer les symptômes. J'ai pris les médicaments qui m'ont été prescrits et j'ai fait de la kiné respiratoire lorsque j'en avais besoin. Parallèlement, je me suis demandé s'il fallait que je communique le diagnostic à mon entourage familial, professionnel et amical. J'ai finalement décidé de ne pas le dire.

— Pourquoi ?

— C'est une maladie qui fait peur. Au travail, je ne voulais pas risquer de perdre ma place. Pour mes amis, je refusais de ressentir leur pitié en permanence. Et puis, je souhaitais également épargner tout chagrin à ma mère. Quant à Laura, avant de lui dire quoi que ce soit, j'avais besoin de savoir si c'était ma fille ou pas.

— Ça ne changeait pas grand-chose. C'est vous qui l'avez élevée, dit le capitaine.

— C'est vrai. C'est une jeune fille douce et intelligente. Mais, il était impératif que je connaisse la vérité. Je voulais savoir s'il était possible que la femme que j'aime me mente depuis près de vingt ans.

Le capitaine lit dans les yeux de Bernardo Mandoza une profonde tristesse.

— En plus, ça sous-entendrait qu'elle m'avait été infidèle. Alors que moi, je ne l'ai jamais trompée. Ça fait beaucoup de mauvaises nouvelles d'un coup.

— Effectivement, dit Paul Demota. Avez-vous parlé à Cristina ?

— J'ai essayé de remettre le sujet sur le tapis, mais, à chaque fois, elle me jurait que j'étais le père de Laura. J'ai compris qu'elle ne me dirait rien et que je devais prendre les choses en main.

33

MERCREDI 1ER OCTOBRE

MATIN

Ce matin-là, comme tous les jours avant d'aller au travail, Bernardo Mandoza lit ses mails pendant qu'il prend son petit-déjeuner dans la cuisine. Il voit celui qu'il attend depuis deux semaines. Il hésite à l'ouvrir. A-t-il vraiment envie de savoir ? Ne vaudrait-il pas mieux l'effacer et ne rien changer à sa vie ? Non, il refuse la facilité et, après mûre réflexion, il décide de cliquer sur le message puis sur le lien proposé.

Il en pleurerait de rage. Il avait pourtant fait des recherches sur Internet et ce qu'il vient de lire correspond à ce qu'il pressentait. Malgré tout, il avait toujours espéré être l'exception qui confirmerait la règle.

Il se dirige vers le salon dans lequel son épouse boit son thé en feuilletant un magazine. Elle est superbe dans le rayon de soleil qui fait briller ses cheveux blond vénitien. Ses yeux vert clair sont rendus presque transparents par la luminosité. Bernardo revoit la femme dont il est tombé amoureux et qui n'a presque pas changé en trente ans. Elle porte le pendentif et les boucles d'oreille en perles noires de Tahiti qu'il lui a offerts pour son anniversaire.

— Pourquoi m'as-tu fait ça ?

— Quoi, chéri ?

— Qui est le père de Laura ?

— Combien de fois vas-tu me poser la question ?

— Jusqu'à ce que tu me répondes.

— Ne sois pas idiot, je te dis que c'est toi.

— Non. Moi, je ne suis que le crétin qui paie pour elle. Celui qui se saigne aux quatre veines pour qu'elle aille dans les meilleures écoles, qu'elle passe d'agréables vacances et qu'elle prenne des cours de musique.

— Qu'est-ce que tu racontes ?

— J'aimerais savoir qui est son père biologique. Tu sais, le mec avec qui tu as pris du bon temps alors que nous étions mariés.

— Je suis inquiète, Bernardo. Tu deviens paranoïaque.

Il essaie de deviner la vérité dans ses yeux.

— Cristina, qui est-ce ?

Elle hausse les épaules et replonge dans son magazine.

— Tu ne veux pas me répondre ?

— Non, c'est débile. Je ne comprends pas à quoi tu joues.

— Une chose est sûre, tu mens très bien.

Elle roule des yeux et lâche un profond soupir.

— Tu devrais prendre rendez-vous chez un psy.

— Le mensonge, c'est bien, mais c'est dépassé sur ce genre de sujet, à notre époque.

— Je ne vois pas le rapport avec notre époque.

— On peut faire des tests ADN !

Une lueur d'inquiétude passe dans les yeux de Cristina. Elle la dissipe d'un mouvement de tête.

— Tu te crois dans une série télé ou quoi ? Tu ne vas pas ennuyer Laura avec tes bêtises, quand même.

— C'est déjà fait.

Elle ferme son magazine et se lève.

— Comment ça ?

— Tiens, on dirait que tu es moins sûre de toi, maintenant. Aurais-tu quelque chose à te reprocher ?

Il s'avance. Elle recule puis se ressaisit.

— Bernardo, oublions toutes ces histoires, dit-elle en s'approchant pour le serrer dans ses bras.

— Ne me touche pas, dit-il en s'écartant. J'ai fait les tests ADN.

Elle s'arrête.

— Qu'as-tu dit à Laura ?

— Pour l'instant, rien. J'ai recueilli sa salive dans un flacon un jour où tu étais de garde. Je lui ai dit qu'il y avait un test pour savoir si on avait la mononucléose et un nouveau médicament pour éviter de l'attraper. Elle m'a cru et j'ai pu faire analyser son échantillon en même temps que le mien.

— Tu sais, Bernardo, il y a plein d'arnaques de ce genre sur Internet.

— Je le sais. Mais, j'ai pris la meilleure société américaine. Leurs résultats sont extrêmement fiables.

Cristina a perdu toute son assurance.

— Tu... Tu me diras quand tu recevras la réponse.

— Je l'ai eue, ce matin même.

La couleur quitte le visage de Cristina et elle se laisse tomber sur le canapé, les bras ballants.

— Tu ne me demandes pas ce que ça donne ?

Elle relève la tête, les yeux hagards.

— Si, si.

Il touche l'écran de son téléphone portable.

— La première chose qui ressort est que Laura est bien ta fille.

— Comment le sais-tu ? Tu ne m'as pas pris de salive.

— C'est exact. Je n'ai pas essayé, car je pense que tu aurais refusé. J'ai trouvé quelqu'un de plus compréhensif en la personne de Yago.

— Yago ?

— Oui, Yago, ton neveu de huit mois. Il fait ses dents et il bave tellement que ça n'a pas été très compliqué de remplir la fiole. Il s'avère qu'il est bien le cousin germain de Laura.

Cristina a perdu sa prestance et elle se tient avachie sur le canapé, les épaules affaissées.

— Ensuite, on peut voir que je n'ai aucun lien de parenté avec Yago, ce qui est normal puisque c'est le fils de ton frère et de sa femme. Ce qui est plus préoccupant, c'est que je n'en ai aucun non plus avec Laura !

Les mains de Cristina tremblent légèrement. Elle ne sait manifestement plus quoi rétorquer. Cet aveu silencieux de son épouse exacerbe la colère que Bernardo retient en lui depuis des semaines.

— Tu m'as vraiment pris pour un con. Comment as-tu pu me mentir pendant toutes ces années ?

Le regard dans le vague, elle reste muette.

— Tu as un amant ?

— Mais, non, dit-elle en se levant et en titubant pour quitter la pièce.

Il la rattrape par le bras.

— Reste là.

— Lâche-moi, tu me fais mal.

Il la pousse sans ménagement.

— Parle !

— Je n'ai rien à te dire.

Il la secoue violemment.

— Je te jure que tu vas parler.

— Mais, tu es fou. Je vais appeler la Police.

Elle fait un pas pour aller vers la porte. Mais, il l'arrête et lui donne une gifle. C'est la première fois qu'il la frappe.

— Je te préviens qu'on ne sortira pas de cette pièce tant que tu n'auras pas parlé. Donc, tu as intérêt à commencer tout de suite.

Cristina se tient la joue et recule pour être hors de portée des coups de son mari.

— Euh… Tu te rappelles que, quand on s'est mariés, tu ne voulais pas avoir d'enfant.

— Oui et alors ?

— Je me suis dit qu'avec les années, j'arriverais à te faire changer d'avis. Mais, le temps passait et ce n'était pas le cas.

— Je t'avais prévenue.

— Je sais, mais je ne pouvais pas l'accepter. Au bout d'un moment, j'ai décidé de laisser faire le destin et j'ai arrêté toute contraception. Comme je ne tombais pas enceinte, j'ai consulté un gynécologue et j'ai fait toute une série d'examens pour savoir si ça venait de toi ou de moi. Or, de mon côté, il n'y avait pas de problème ; sans te le dire, j'ai donc procédé à un test de Hühner.

— Qu'est-ce que c'est ?

— L'objectif est de voir comment les spermatozoïdes se comportent dans le corps de la femme, le lendemain d'un rapport sexuel. C'était assez humiliant, mais très instructif : j'ai découvert, ce jour-là, que tu étais stérile. Comme je sentais que je ne pourrais pas vivre sans enfant, je ne savais pas quoi faire. Soit je restais avec toi par amour et je renonçais à avoir une famille, soit je te quittais pour en fonder une avec un autre homme.

Bernardo réalise qu'il ne s'était jamais rendu compte que sa femme avait songé à divorcer.

— Tu me racontes toute ta vie, mais j'ignore toujours qui est le coupable.

— Le fait que tu ne prennes pas du tout en compte mon désir d'enfant m'a éloignée de toi, à ce moment-là. C'est alors que j'ai rencontré quelqu'un. Il était marié et n'était pas très heureux en ménage. Nous avons d'abord appris à nous connaître puis nous avons commencé à entretenir une relation épisodique. Un jour, je me suis dit qu'avec lui j'allais résoudre mon problème : avoir un bébé tout en restant avec toi. Et c'est ce qui s'est produit : je suis tombée enceinte de lui.

La bouche de Bernardo s'arrondit sous l'effet de la surprise.

— T'es une vraie salope, en fait ! Tu t'es fait sauter et engrosser par le premier venu ! Et tu as voulu partir avec lui ?

— Non, je t'aimais.

— Ben voyons ! Et comment a-t-il pris la nouvelle de cette future paternité ?

— Je ne lui ai rien dit. Il avait beaucoup de travail et nous avons cessé de nous voir.

Il la regarde, la bouche tordue par le mépris.

— Donc, tu as tout manigancé sans nous prévenir, ni lui, ni moi. C'est dégueulasse de se servir des gens comme ça !

— Qu'est-ce que tu voulais que je fasse ? Que je te quitte ?

— Oui, j'aurais préféré. Je t'aimais tellement, Cristina.

— Moi aussi, je t'aimais, Bernardo. Et je voulais rester avec toi.

— C'est incroyable ! Tu m'as menti, tu m'as trompé et tu m'as fait croire que j'allais être père. Et je n'ai rien vu !

— Tu as été père.

— Non, j'ai juste élevé la fille d'un autre.

— Tu ne peux pas dire ça. Laura est ta fille et elle t'aime.

— Et quand elle saura la vérité, penses-tu que ce sera toujours le cas ? Qui est cet homme ?

— Je ne te le dirai pas.

Il avance vers elle et lui décoche une nouvelle gifle. Elle porte la main à sa joue brûlante.

— Tu n'es qu'une pute ! Qui est son père ?

— Ça ne te regarde pas.

Les yeux de Bernardo se plissent et un autre coup s'abat sur le visage de Cristina. Elle pousse un cri de douleur et se met à saigner du nez.

— Qu'est-ce qui t'arrive ? Pour qui te prends-tu ?

— Comment as-tu osé me cocufier et me forcer à élever une fille qui n'est pas la mienne !

Il se rapproche de Cristina.

— Maintenant, tu vas parler.

— Jamais !

— Je te jure que si !

Il lève de nouveau la main. Cristina l'évite et court vers la porte du salon. Bernardo la rattrape par les cheveux.

— Où vas-tu ? On n'a pas terminé !

Elle se retourne et lui frappe la poitrine de ses poings. Il lui tient fermement les poignets pour l'arrêter.

— Lâche-moi, tu me fais mal, dit-elle.

— Donne-moi son nom.

Cristina se débat pour que son mari desserre son étreinte, mais son emprise se fait plus forte encore. Les bras endoloris et immobilisés, elle lui décoche un coup de genou dans l'entrejambe. Elle rate sa cible et le frappe à mi-cuisse. Sous l'effet de la douleur, il lui lâche les mains et se frotte la jambe. Cristina en profite pour essayer de s'enfuir.

— Reste ici, traînée ! dit-il en bondissant sur elle.

Il lui bloque le chemin de la sortie et lui assène des coups sur la tête. Elle recule et, pour se protéger, se réfugie derrière le canapé. Pour éviter de tomber, elle donne un coup de pied dans son sac à main qui glisse sous le sofa. Elle cherche son portable des yeux. Son mari croise son regard qui se pose sur la table basse.

— N'y pense même pas, hurle-t-il en se saisissant de l'appareil et en le glissant dans la poche arrière de son jean.

Privée de son téléphone et incapable de quitter le salon, Cristina change de stratégie.

— Bon, Bernardo, on ne va quand même pas continuer à se battre.

— Tu me dis qui est le père de Laura, j'irai lui parler et tout sera réglé, dit-il, une lueur inquiétante dans les yeux.

Cristina est terrifiée. Elle ne peut pas téléphoner ni sortir de la pièce. Elle peut essayer de crier, mais, avec le double vitrage, personne ne l'entendra. Comment sortir de ce piège ? Bernardo s'agenouille pour renouer son lacet. En courant vers lui, elle peut le faire tomber. Le temps qu'il se redresse, elle pourra s'enfuir. C'est une occasion unique qui risque de ne pas se reproduire. Elle se précipite sur lui. Il relève la tête, les yeux écarquillés par la surprise. Mais, il est plus rapide qu'elle ne le pensait, car lorsqu'elle arrive à son niveau, il est déjà debout. Elle lève les bras pour le frapper, mais il lui assène deux coups de poing violents en plein visage. Elle perd l'équilibre et tombe en arrière. Dans sa chute, sa tête heurte le coin de la table basse.

Cela fait quelques minutes que Cristina gît inerte sur le sol. Une tache de sang se forme sur le carrelage, près de sa tête tandis que Bernardo retrouve, peu à peu, son calme.

Elle ne bouge pas tandis que la tache de sang s'élargit. Bernardo s'approche et détaille le visage de son épouse. Elle a le nez tuméfié, la pommette ouverte et elle est d'une pâleur inhabituelle. Il s'agenouille près d'elle et lui secoue l'épaule.

— Cristina, debout.

Il lui tapote les joues.

— Réveille-toi.

Il se met à taper plus fort.

— Allez, Cristina, ça suffit.

Toujours aucune réaction. Son passé de secouriste lui revient en mémoire et il décide d'évaluer son état. Aucun réflexe, aucun tonus musculaire, aucune sensibilité, aucune conscience, une pâleur extrême. Bernardo transpire abondamment. Il allume la lampe de son téléphone portable pour examiner les pupilles de Cristina. Elles ne réagissent pas et restent dilatées. Il place ses doigts de part et d'autre de sa trachée. Il ne perçoit aucune pulsation. Il attrape son bras pour prendre son pouls. Rien, non plus. Elle est morte.

34

VENDREDI 17 OCTOBRE

APRÈS-MIDI

Le capitaine Demota reste silencieux et donne un mouchoir en papier à Bernardo Mandoza qui, après lui avoir raconté sa dispute avec Cristina, sanglote maintenant devant lui.

— C'est un accident. Si elle avait parlé, rien de tout cela ne serait arrivé.

— Pourquoi ne l'avez-vous pas quittée, tout simplement ?

— Je voulais d'abord connaître la vérité. Ce n'est pas un crime.

— Mais, vous étiez hors de vous.

— Oui. Si vous saviez comme je le regrette. C'était la femme de ma vie. J'aimerais tellement pouvoir revenir en arrière et qu'elle soit toujours là.

Bernardo renifle.

— Je n'ose même pas penser au mal que j'ai fait à ma mère. Désormais, elle sera, pour tout le monde, la mère d'un assassin.

Il a une moue désabusée.

— Et maintenant que Laura sait que je ne suis pas son père biologique et que j'ai tué sa mère… J'étais heureux et j'ai tout gâché, ma vie et celle des autres.

Paul Demota laisse quelques instants à son interlocuteur pour faire redescendre l'émotion qu'il ressent puis il enchaîne.

— Qu'avez-vous fait quand vous avez réalisé que votre femme était décédée ?

35

MERCREDI 1ER OCTOBRE

MATIN

Toujours agenouillé près de sa femme, Bernardo commence à lui faire du bouche-à-bouche et un massage cardiaque. Les minutes s'écoulent, mais il continue sans se décourager. Régulièrement, il vérifie si elle respire et si son cœur se remet à battre. Mais non, rien. Il poursuit ses tentatives de réanimation pendant plus d'une demi-heure puis arrête en réalisant qu'elles sont inefficaces.

— Quelle merde ! Mais, qu'est-ce que je vais faire ?

Il essaie de rassembler ses esprits. Il faudrait qu'il contacte un médecin. Peut-être sauvera-t-il Cristina ? Mais non, il le sait très bien, pour l'avoir vécu plusieurs fois en tant que secouriste : il n'y a plus rien à faire. Le choc contre la table basse a été tellement violent qu'elle est décédée sur le coup. En plus, s'il appelle les secours, ils vont découvrir ses blessures à la tête et au visage. Ils vont donc écarter la piste de l'accident, arriver à la conclusion qu'il l'a tuée et il va terminer sa vie en prison. Cette perspective le terrifie. Que doit-il faire ? Qui pourrait l'aider ? Il lui faudrait parler à un avocat ou à quelqu'un qui a déjà été dans une situation délicate. Il cherche, mais ne trouve pas quand, soudain, le visage de Tonio Galtero lui apparaît. C'était son meilleur copain quand ils étaient au collège. Ils sont toujours restés en contact même si Tonio s'est lancé très jeune dans toutes sortes de trafics. Ils ont pris un café ensemble après s'être rencontrés par hasard, l'an dernier, dans un fast-food. Son ami venait juste de sortir de prison. Bernardo lui ayant donné de l'argent pour l'aider, Tonio pourrait peut-être le tirer d'affaire, à présent. Il compose son numéro.

— Hé Bernardo, quelle surprise. Comment vas-tu ?

— Mal. J'ai fait la connerie de ma vie.

Bernardo lui raconte ce qu'il vient de se passer.

— Coups et blessures ayant entraîné la mort sans intention de la donner, avec notre gouvernement qui veut lutter contre les violences conjugales, c'est sûr que tu vas aller en prison, Bernardo. Appelle un bon avocat qui va te trouver des circonstances atténuantes pour réduire ta peine.

— J'ai la mucoviscidose. Si jamais je vais en prison, je serai mal soigné et mal nourri et je ne sortirai que les pieds devant.

— Ah, je ne savais pas, je suis vraiment désolé !

— Je suis foutu, Tonio !

— Non, peut-être pas. Tu peux faire croire à un cambriolage qui a mal tourné. La Police va venir t'interroger, c'est certain. Seras-tu capable de mentir sans te trahir ?

— Ça va être difficile. Ils vont me demander quel est mon alibi et je ne sais pas ce que je vais répondre. Il est déjà neuf heures trente et je ne suis toujours pas au travail. Je serai le suspect numéro un. Ils ne me lâcheront pas tant que je n'aurai pas craqué. On revient à la première solution et ce sera encore pire puisque j'aurai menti. Tu vois, il n'y a pas d'issue.

— Je verrai bien une autre possibilité.

— Laquelle ?

— Disparaître.

— Quoi ?

— Tu fais disparaître le corps de Cristina et tu disparais en même temps qu'elle. Votre entourage pensera que vous êtes partis ensemble vivre au bout du monde.

Tonio Galtero donne à Bernardo les grandes lignes du plan qu'il vient d'échafauder.

— Je connais quelqu'un qui a fait ça et pour qui ça a marché. Personne ne sait ce qu'il est devenu. Évidemment, dans ce cas, tu abandonnes tout : ton boulot, ta maison, ton identité, tes amis et ta famille. Tu repars complètement à zéro.

— Il n'y a pas de bonne solution, murmure Bernardo. Que ferais-tu à ma place ?

— Avec la première possibilité, tu fais un choix raisonnable. Tu assumes ton acte et tu en paies le prix. Mais, tu cours le risque de mourir en prison. Je pense que, pour l'option deux, tu n'as pas d'alibi et les flics ne te lâcheront pas tant que tu n'auras pas avoué. Si tu prends la dernière solution, tu peux refaire ta vie, ici ou au Mexique, travailler, voyager, essayer d'oublier. Si à un moment donné, tu en as marre, tu pourras toujours reprendre contact avec ta famille ou te livrer à la Police. Dans ce cas, tu restes maître de ton destin.

— Mais, ça doit être très difficile de couper les ponts avec sa famille et ses amis.

— Crois-en mon expérience, Bernardo, du jour où tu seras condamné, tous tes amis te tourneront le dos. Quant à ta mère et à ta fille, elles seront dévastées quand elles apprendront que tu as tué Cristina. N'est-il pas mieux pour elles qu'elles vous croient vivants et heureux tous les deux ?

Décidément, Tonio a réponse à tout.

— Mais, dans ce cas, de quoi vais-je vivre ?

— Tu peux faire ton métier à ton compte, non ?

— Oui, mais, au départ, je vais avoir besoin d'argent.

— Je connais quelqu'un qui pourrait t'aider.

Bernardo ne sait pas s'il pourra rester caché longtemps, mais il est sûr que cette option lui laissera du temps pour réfléchir.

— Je vais suivre ton conseil, Tonio. Dis-moi ce que je dois faire.

Comme le lui a indiqué Tonio Galtero, Bernardo attrape le portable de Cristina, l'éteint, l'essuie et le glisse dans la poche du jean de son épouse. Puis, il la porte jusque dans le garage et la met dans le coffre de la voiture. Il a prévu une serviette pliée en quatre pour absorber le sang qui pourrait couler de la tête de sa femme. De retour au salon, il entreprend de remettre en place ce qui est tombé. Il nettoie consciencieusement le coin de la table basse et le carrelage tachés. Lorsqu'il a achevé, la pièce est impeccable et il est impossible de deviner la tragédie qui vient de s'y dérouler. Il retire ses habits pleins de sang, les glisse dans un plastique et enfile du linge propre. Puis, il monte dans sa voiture, sort de son garage, en referme la porte électrique et se dirige vers le Pont des Suicidés.

À cette heure-là, un jour de semaine, le lieu est désert. Quand il s'arrête, il vérifie qu'il n'y a personne alentour. Puis, il sort de son véhicule et ouvre le coffre. Il a du mal à réaliser ce qu'il vient de se passer. Il aimerait pouvoir revenir en arrière et tout effacer, tout recommencer. Ses yeux se remplissent de larmes. Il est bouleversé par son geste et n'arrive pas à accepter de se séparer si vite et de cette façon du corps de Cristina. Il veut encore l'avoir près de lui. Il lui caresse les cheveux et observe son beau visage qui semble dormir. Comment va-t-il pouvoir se débarrasser d'elle comme on jette un sac poubelle ? Mais, il doit s'y résoudre. Il prend sa femme dans ses bras, l'embrasse en murmurant « Pardon, je ne voulais pas que ça se termine comme ça » et la lance dans le fleuve en contrebas. Il regarde son corps qui disparaît dans les eaux sombres.

Autour de lui, il n'y a toujours personne. Il remonte rapidement dans sa voiture, redémarre et va se garer dans la forêt, un peu à l'écart, pour que le véhicule ne soit pas immédiatement visible. Il enfourne la serviette pleine de sang dans le sac de voyage contenant ses vêtements et part en direction de la route. Après plus d'un kilomètre à pied, il atteint le village le plus proche et se dirige vers un arrêt de bus. Il y a déjà deux personnes qui attendent pour se rendre à Tiguas. Il court en apercevant le bus et monte dedans, tête baissée. Heureusement, il n'y a pas grand-monde et il peut s'asseoir tout au fond en sens inverse de la marche pour que personne ne voie son visage.

Arrivé en ville, il descend dans le quartier de Las Barreras. Il arpente les rues et se débarrasse de ses habits, de son téléphone et de ses affaires tachées de sang dans plusieurs poubelles différentes. Il fait des efforts pour rester maître de lui-même, mais la moindre sirène de police le panique et la vue d'un uniforme le glace. Il a l'impression que ce qu'il a fait est écrit sur son visage ou dans ses yeux. Il a peur d'être arrêté à tout moment et d'être jeté en prison. Il frémit en se remémorant un reportage sur les conditions de détention au Costan. Jamais, il ne laissera faire une chose pareille.

Il se dirige vers le bar Las Islas. À cette heure-là, il est désert. Bernardo s'installe au bout du comptoir pour voir la salle. Il essaie d'avoir l'air naturel, mais il ne se sent pas du tout dans son élément. Au fond, dans la pénombre, trois hommes sont attablés. Grand et massif, le crâne rasé et le nez cassé, celui qui est assis au milieu correspond parfaitement à la description que lui a faite Tonio Galtero. Néanmoins, Bernardo ne veut surtout pas commettre d'impair.

— Qui est-ce ? demande-t-il au barman après avoir commandé une bière.

— Big Joe.

Tandis que le barman s'éloigne après l'avoir servi, Bernardo observe du coin de l'œil Big Joe et les deux hommes qui l'entourent. Ils ne font pas très nets avec leurs tatouages de toiles d'araignées, de tombes et de crânes, symboles d'appartenance à un gang mafieux.

Ayant fini son verre, il s'avance vers eux avec une terrible appréhension.

— Bonjour. Je suis ici car j'aurais besoin de votre aide.

— Comment tu t'appelles ?

— Bernardo. Je suis un ami de Tonio Galtero.

— Ah, ce cher Tonio. Que puis-je faire pour toi, Bernardo ?

— Voilà, j'ai perdu mes papiers et j'aimerais en récupérer d'autres.

— Je vois. Ça va te coûter cinq cents dollars. T'as de quoi payer ?

— Non. Tonio m'a dit que vous prêtiez également de l'argent. Je souhaite repartir à zéro. Je suis graphiste. J'aurais besoin de dix mille dollars pour m'acheter du matériel, me loger et vivre. Dès que j'aurai des clients, je vous rembourserai.

— C'est beaucoup dix mille dollars !

— Effectivement. Euh… Cinq mille dollars, alors.

— Voilà qui est plus raisonnable. Ça te coûtera cinq cents dollars de plus. Entre les papiers et le prêt, tu me rendras donc six mille dollars, dans dix jours.

— Dix jours ? C'est très court.

— C'est à prendre ou à laisser !

— Oui, je comprends. Merci beaucoup. C'est très aimable à vous.

— Fais attention, Bernardo : j'suis pas très patient. Et mes gars non plus.

Les deux molosses qui l'entourent échangent un sourire entendu. Bernardo essaie de masquer le fait qu'il n'est pas du tout rassuré par ces trois hommes qui ont tous une larme tatouée sous l'œil au niveau de la pommette. Il sait que cela signifie qu'ils ont déjà tué. Big Joe finit d'un trait le verre posé devant lui tandis qu'un des deux cerbères s'éclipse et revient avec une enveloppe. Big Joe la tend à Bernardo.

— Voilà le pognon. Pour les papiers, va voir Frank de ma part. Il tient le magasin au coin de la rue. Il t'indiquera la marche à suivre.

— O.K. Merci beaucoup.

— Tant que tu m'as pas remboursé, t'as interdiction de quitter la ville.

— C'est compris.

— Si t'as des ennuis et que tu veux éviter d'attirer l'attention sur toi, j'te conseille de te trouver une copine, car la Police recherche souvent des hommes seuls. Si, en plus, elle est proche de l'enquête, tu sauras si tu risques d'être arrêté.

Alors que Bernardo s'apprête à se lever, Big Joe pose la main sur son avant-bras.

— Je peux te donner un autre conseil ?

— Bien sûr.

— Va voir le Docteur Jones dans sa clinique.

— Je ne comprends pas.

— Avec les oreilles et le pif que t'as, t'as aucune chance de t'en tirer.

Bernardo réitère ses remerciements et sort du café. Il fait quelques pas sur le trottoir puis, il s'arrête et se regarde dans la devanture d'un magasin. Ses cheveux poivre et sel, bien qu'un peu longs, ne parviennent pas à cacher ses oreilles décollées. Son nez aquilin a une forme et une taille peu communes. Il a toujours été fier de ce nez, hérité de son père et de son grand-père. C'est la marque de fabrique des Mandoza. Il avait d'ailleurs été très déçu que Laura ne l'ait pas. Il hésite, car il n'aime pas les opérations. En plus, cela coûte cher. Il fixe son reflet dans la glace. Big Joe a évidemment raison : c'est un signe distinctif beaucoup trop flagrant.

36

MERCREDI 1ER OCTOBRE

APRÈS-MIDI

Le nom de Big Joe a été un vrai sésame et, l'après-midi même, Bernardo Mandoza a rendez-vous avec le Dr Jones.

— Bonjour, Docteur. Je souhaiterais modifier mon nez et mes oreilles. Que pourriez-vous faire ?

Le praticien se lève et l'examine.

— Pour une otoplastie, j'incise toute la longueur du pli à l'arrière de l'oreille. Cela me permet de décoller la peau, de remodeler le cartilage puis de faire les points de suture. Il faut compter environ une heure trente d'opération. Vous venez un matin et vous rentrez chez vous dans l'après-midi. Il faut garder en tête que vous serez sûrement gonflé, que vous aurez des bleus et vous devrez porter un bandeau jour et nuit pendant deux à trois semaines.

Bernardo lève les sourcils.

— Ah oui, c'est assez lourd. Et pour le nez ?

— Pour une rhinoplastie, je ferai d'abord une analyse esthétique et fonctionnelle de votre nez. Puis, je prendrai des photos de face et de profil et je ferai des simulations informatiques de façon à déterminer ce qui vous plairait le plus et ce qui vous irait le mieux.

— Et comment se passe l'opération ?

— Elle est plus longue que pour les oreilles. Il faut compter trois à quatre heures puis une hospitalisation de vingt-quatre heures. Ensuite, vous gardez une attelle pendant une semaine. Vous aurez également des ecchymoses et des œdèmes au niveau du nez et des paupières et il faut prévoir au moins sept jours d'arrêt de travail.

— Combien de temps faut-il pour que ça dégonfle complètement ?

— Plusieurs mois.

— Plusieurs mois ?

— Oui, la durée dépendra de la réaction de votre peau et de la façon dont vous cicatrisez.

— Combien cela coûtera-t-il ?

— Neuf mille dollars pour la rhinoplastie chirurgicale et deux mille dollars pour l'otoplastie.

Bernardo reste sans voix.

— Nous avons un partenariat avec l'agence bancaire qui est juste à côté. Ils octroient à mes patients des prêts à des taux d'intérêt très bas.

Bernardo hésite. Doit-il prendre un emprunt ? Peut-être. Mais, comment le rembourser ? Il ne pourra pas travailler car il sera obligé de rester chez lui pendant des semaines. Il ne veut pas risquer d'éveiller les soupçons en sortant avec des pansements sur le nez et sur les oreilles. Et même après, s'il a l'air bouffi, personne ne lui fera confiance.

— Que décidez-vous ? demande le médecin.

— Malheureusement, ça ne va pas être possible. Je ne vais pas pouvoir rester enfermé chez moi pendant des semaines en attendant de ne plus ressembler à un monstre.

— Je comprends. C'est très contraignant. Maintenant, les gens sont comme vous, ils veulent des opérations rapides, discrètes et avec des séquelles légères.

— Ça existe ?

— Oui. Pour les oreilles, j'emploie une technique mini-invasive. J'effectue une petite incision dans le pli arrière de l'oreille, ensuite j'introduis un implant sous la peau. Une fois mis en place, il s'accroche au cartilage et réduit son aspect saillant. Il n'y a pas de bleus ni d'œdèmes, pas de bandage spécial, juste de légères douleurs pendant quelques jours.

— Ça a l'air bien. Et pour le nez ? demande Bernardo.

— La technique la moins traumatisante est la rhinoplastie médicale. L'injection d'acide hyaluronique sur le haut du nez, entre les yeux, comble le creux qui existe naturellement à cet endroit-là et permet à un nez busqué de paraître droit. Une piqûre sous le nez, entre les narines, remonte la pointe. L'avantage de l'acide hyaluronique est que les résultats sont visibles immédiatement. Cette procédure est rapide, sans douleur et sans séquelles, ni effets secondaires et elle est efficace durant douze à vingt-quatre mois.

— Pourquoi ne m'en avez-vous pas parlé spontanément ?

— Je ne l'ai pas fait parce que la transformation est moins importante et moins durable qu'avec une chirurgie classique. Cela dit, mes patients sont, en général, très satisfaits.

— Quel est le prix de ces deux opérations ?

— Il faut compter deux mille dollars, mille pour le nez et mille pour les oreilles.

Bernardo réfléchit. D'un côté, il ne pensait pas dépenser si vite une telle somme d'argent. De l'autre, si la Police commence à le chercher, ils le retrouveront très rapidement tant il est reconnaissable. Cette deuxième solution est peut-être un peu moins performante, mais elle est beaucoup moins coûteuse. De plus, elle lui permettrait de faire des photos et des papiers d'identité sans attendre. Il pourrait également louer un appartement et une voiture et rencontrer des clients sans éveiller les soupçons puisqu'il aurait un visage normal. Il sera toujours temps pour lui d'avoir recours à la chirurgie dans quelques mois lorsque son affaire commencera à bien tourner.

— C'est d'accord pour les procédures légères. Quand pourriez-vous le faire ?

Le médecin consulte son agenda.

— J'ai un rendez-vous qui vient d'être décommandé, je peux vous prendre dans la foulée.

Le Dr Jones est expérimenté et il sait que ses patients ont peur des piqûres. Il adopte donc un ton enjoué et parle de choses et d'autres pour détourner leur attention de ce qu'il est en train de faire. Lorsqu'il a terminé, il tend un miroir à Bernardo. Celui-ci est extrêmement satisfait de sa nouvelle apparence. Le médecin a fait du bon travail et le résultat obtenu est encore meilleur que celui auquel il s'attendait. Il est incontestable que son nez droit et ses oreilles bien plaquées modifient profondément la physionomie de son visage.

En sortant de la clinique, Bernardo va chez un coiffeur-barbier pour changer radicalement de coupe de cheveux et raser sa barbe. Puis il va chez un opticien pour troquer ses grosses lunettes en écaille contre des lentilles. Dans la devanture d'un magasin, il voit une jolie chemise. Il décide d'entrer. Dans la cabine d'essayage, il l'enfile puis s'observe longuement dans le miroir. Il est impressionné par sa transformation. Évidemment, quelqu'un qui le connaît l'identifierait à ses expressions, à son sourire ou à l'intonation de sa voix. Mais, pour une personne qui ne l'a jamais vu, il est impossible de faire le lien entre son ancienne apparence et la nouvelle tant elles sont différentes. S'il est recherché, il sera donc difficile à retrouver. Même si la Police pense qu'il s'est rasé et qu'il s'est coupé les cheveux, ils continueront à chercher quelqu'un au nez busqué et aux oreilles décollées. Les regards glisseront donc sur lui et il va pouvoir se fondre dans la masse. Cela lui laisse un répit en éloignant tout danger immédiat. Il refoule les images qui lui reviennent en tête, achète la chemise et la garde sur lui car elle lui fait une belle silhouette.

En allant voir Frank, Bernardo a l'impression d'être un

homme nouveau. Il fait facilement dix ans de moins et se trouve particulièrement séduisant. Il a repris confiance en lui et ne marche plus voûté pour se cacher. Dans l'arrière-boutique du magasin, il fait des photos d'identité puis attend ses papiers tout en découpant les anciens en tous petits morceaux avant de les jeter. Il en profite pour demander à Frank s'il ne connaît pas quelqu'un qui louerait un appartement. Celui-ci lui donne les coordonnées d'un propriétaire qui ne pose pas de questions et qui accepte que le loyer, d'ailleurs modeste, soit payé en liquide.

Lorsque Frank a terminé, il ressort, soulagé. Bernardo Mandoza ne pourra pas aller en prison puisqu'il n'existe plus. Il s'appelle désormais Arturo Gamos et, à ce moment-là, il est convaincu qu'une nouvelle vie pleine de promesses s'ouvre devant lui.

37

VENDREDI 17 OCTOBRE

APRÈS-MIDI

Bernardo Mandoza regarde le capitaine Demota à qui il vient de tout raconter et qui s'apprête à l'incarcérer.

Tout ça pour ça ! Qu'a-t-il gagné ? Deux semaines et demie de liberté ? C'est peut-être mieux que rien.

Maintenant, il va devoir affronter tout ce qui le terrorise et qu'il a cherché à fuir en vain : la culpabilité, la maladie et la prison ainsi que le désespoir de sa mère et de Laura.

QUELQUES MOTS POUR FINIR

Vous venez de terminer la première partie du Mystère des Disparus. Si vous avez aimé son histoire, n'hésitez pas à laisser un commentaire sur Amazon car cela lui donnera de la visibilité et permettra à d'autres de le découvrir. J'en profite d'ailleurs pour remercier chaleureusement les blogueurs, chroniqueurs et lecteurs qui découvrent mon univers et le font partager.

Pour suivre mon actualité, vous pouvez me rejoindre sur :

https://www.facebook.com/DaurelAlice

https://www.instagram.com/alicedaurel/

À PROPOS DE L'AUTEUR

Après des études en école de commerce, Alice Daurel a travaillé dans le marketing, dans une PME puis chez Orange.

Elle a vécu en Allemagne, au Mexique et en Chine.

LE MYSTERE DES DISPARUS - PREMIERE PARTIE est son deuxième roman.

Elle a également écrit LE MYSTERE DES DISPARUS - DEUXIEME PARTIE ainsi que L'ENGRENAGE FATAL.

LE MYSTERE DES DISPARUS

DEUXIÈME PARTIE

Incarcéré à la prison de Tiguas, Bernardo découvre un environnement violent dont il ne connaît pas les codes. Régulièrement menacé, il tente de se faire oublier et vit en permanence dans la peur. Lorsque les agressions se font plus fréquentes et plus graves, il réalise qu'il mourra s'il n'apprend pas à survivre dans cet univers hostile. Trouvera-t-il une solution avant qu'il ne soit trop tard ?

Pour ne pas être brisée par les secrets qu'elle vient de découvrir, Laura décide d'aller de l'avant et de chercher son père. Aidée par sa grand-mère et son oncle, elle ne néglige aucun indice et ne ménage pas ses efforts pour trouver des pistes. Ne risque-t-elle pas d'aller trop loin et de se mettre en danger ? Percera-t-elle ce mystère ou devra-t-elle accepter de ne jamais y parvenir ?

Tandis que Bernardo essaie de rester en vie par tous les moyens, Laura se lance à corps perdu dans une quête qui est, pour elle aussi, vitale.

Pour le lire : https://amzn.to/3GGwFCX

L'ENGRENAGE FATAL

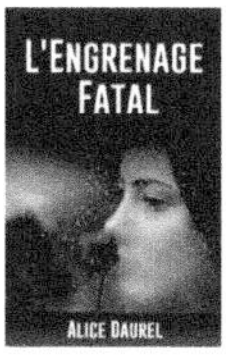

Isabel, étudiante de dix-huit ans, partage sa vie entre ses études, sa famille et son petit-ami Alexander, fils d'un homme politique de premier plan. Lorsque son frère, Manolo, douze ans, tombe malade, elle découvre que ses parents n'ont pas les moyens de le faire opérer à New-York, ce qui le condamne à brève échéance.

Acceptera-t-elle d'espionner le père d'Alexander pour obtenir des fonds ? Que risquerait-elle si elle était découverte ?

Isabel s'engage dans une course contre la montre dont elle n'a pas mesuré les conséquences car, au fil des événements, les caractères se dévoilent et les personnalités se transforment jusqu'à commettre l'impensable.

Pour le lire : https://amzn.to/2I36Ft5

Printed in France by Amazon
Brétigny-sur-Orge, FR

15267245R00130